転生メイドの辺境子育て事情

登場人物紹介
ライファート
突然、ルシエットに求婚してきた紳士。
元々は大学で教鞭をとっていたが
現在は辺境伯の地位にある。
優しいが、少々、風変わり。
ルシエット（ルーシー）
明るく元気な下町娘。
人の前世を視ることができるが
その能力を実の父親に嫌われたため
母に連れられ家を出た。
通いのメイドとして働くかたわら
能力を活かして占い師をしている。

ロレッタ
リカードとハリエラの娘。
ハリエラ
リカードの後妻。
リカード
ルシエットの実父。
ミルディリア
ルシエットの実母。
病弱だがルシエットの
良き理解者。
ウェンディ
ライファートの姪。
事情があり、
ライファートが預かっている。

目次

転生メイドの辺境子育て事情

第一章　下町の占い師はシンデレラだったようです

「ようこそ、『前世占い』へ」

私は厳《おごそ》かに言った。

薄暗い部屋の入り口には、無遠慮にこちらを見つめる男性が立っている。彼は私の言葉を聞き、薄い唇を開いた。

「……占い師『リュミエール・ヨシザワ』とは、君か？」

「はい。私でございます」

うなずいた私は、丸テーブルの向かいの椅子を示す。

「さあ、お座りください。あなたの前世を、占ってさしあげましょう……」

艶《つや》のある木製の丸いテーブルには、布をかけた台がある。そこに置かれた水晶玉がロウソクの炎を反射して、ユラユラと生きているかのように光っていた。

私の名は、『リュミエール・ヨシザワ』。……といっても、本名ではない。これは占い師としての名前で、本名はルーシー・ウォルナムという。

ここ、ノーザンシア王国では今、上流階級の女性たちの間で占いが流行していた。

誕生日などの数字から運命を探《さぐ》ったり、星座や植物など自然のものから気の流れを読みとったりと、巷《ちまた》には様々な占術がある。

お客さんは、当たったら面白い、という程度のゲーム感覚の方から、今の自分をより良くしたい、人生の指針が欲しいとかなり本気の方までいるけれど、皆、多かれ少なかれ希望を胸の片隅に秘めて、占い師のところにやってくるのだ。

私は、王都にほど近いこのベルコートの町で、占い師をしている。

『前世占い』――

この占いをしているのは私くらいだと思う。他ではちょっと聞いたことがない。

これはその名のとおり、お客さんの前世を読みとり、現世にどんなふうに影響しているのか、今後何が起こりそうなのか、そしてどう行動していったらいいかをアドバイスするものだ。

例えば、この間のお客さんは、夫婦仲に悩む女性だった。

旦那さんが一方的にガミガミ言うタイプで、それを我慢して聞いているうちに彼女は鬱屈《うっくつ》してしまっていたのだ。

相談を受けた私が占ってみると、彼女たち夫婦は前世では医師と看護師で、知り合いだった。同じ志《こころざし》を持つがゆえに、普段から激論を交わしていたこと、そのおかげで互いを深く理解し合っていたこと、憎からず思い合っていたのに事情があって結ばれなかったこともわかった。

「現世ではついにご結婚なさったんですね、良かったです。もしかして、せっかく結ばれたのにその幸せを壊したくなくて、言いたいことが言えないのでは？　大丈夫、ご主人もきっと、あなたが心のうちを見せてくれるのを待っていますよ」

そう伝えると、彼女は頬を上気させ「私の気持ち、ちゃんと話してみますわ！」と明るく宣言して、帰っていった。

ちなみに女性に教えた前世の話は、嘘じゃない。私には本当に、人の前世が視《み》えるのだ。

つまり私は、その能力を活かして稼いでいる、というわけである。

さて今、私はいかにも占い師らしい服装をしていた。ローブ姿でフードを被り、口元にはベールをつけているので、男性からは私の目だけが見えているだろう。

私はもう一度、男性に声をかける。

「恐れることはありません。さあ、こちらへ」

男性は帽子を取りながら、私が仕事場にしているこの部屋に、長身を屈《かが》めて入ってきた。

黒のフロックコート、タイは幅広で臙脂色《えんじいろ》。さらりと流れるアッシュグレーの髪が素敵だ。

(男性客なんて珍しいな。私のこと、誰に聞いたんだろう)

そう思っていると、男性のフロックコートの裾《すそ》あたりで、何かが動いた。

コートの陰からひょこっと覗《のぞ》いたのは……子ども？

四、五歳くらいの女の子が、こちらを見つめている。

その子に視線をやった男性が、低い美声で尋ねた。

「子どもも、いいだろうか？」

「あ、はい、どうぞ」

ちょっとびっくりしながらも、私は立ち上がって部屋を見回した。ひとりで来る人がほとんどだから、テーブルには私のものを含めふたつしか椅子が置いていてない。子どもが座れるようなものがあったかな。

ここは、中流階級向けアパートメントの客間で、家具はテーブルと暖炉《だんろ》、作り付けの棚くらいしかないけれど、上等なものだ。ドレープを寄せたカーテンや花模様の壁紙を、ロウソクの灯りが幻想的に浮かび上がらせている。

私は壁際に寄せてあった布張りの椅子をひとつ持ってきて、テーブルの向かいにあるお客さん用の椅子に並べて置く。

すると男性は、女の子の脇に手を入れて抱き上げ椅子に座らせ、自分も隣に腰かけた。

私も元の位置に座り、あらためてお客さんを観察する。

男性は、三十歳前後らしい。深い青の瞳が印象的な、賢そうな顔立ちの人だ。

隣の女の子は、明るい茶色の髪をツインテールにした、青い瞳の、とても可愛らしい子だった。つるつるのふっくらした頰とサンゴ色の小さな唇に、レモン色のワンピースがよく似合う。彼女は片手で男性のコートの袖を握ったまま、水晶玉を物珍しそうに見つめている。

年齢からいって、たぶんふたりは親子だろう。

(子どもが来るなんて初めてだし、どうしよう……つまらなかったらごめんね)

私は咳払《せきばら》いをして、いつものペースを取り戻すべく口を開いた。

「この世界には、人生を終えた魂《たましい》が次の世に生まれ変わるという大きな流れが存在します。私には、あなたが生まれ変わる前の姿が視《み》えるのです。――それでは、あなたの前世を占ってさしあげましょう」

男性のほうに身体を向け、雰囲気を出すために水晶玉にそれっぽく手を掲げようとしたところで、彼が私の目を見て簡潔に言った。

「この子のほうを頼む」

「えっ⁉」

思わず変なポーズのまま手を止め、女の子に視線をやった。

女の子はいぶかしげに、男性と私を交互に見ている。

（この子の前世を？　わあ、どうしよう、嫌がらないかな。とにかく、まずは会話だ。このくらいの年ごろの子って、どのくらいしゃべれるっけ？）

「わ、わかりました。ええと……そのう……お嬢さんは、何か困ったこととか、悲しいことがあるのかしら？」

そう聞いてみると、女の子は水晶玉に視線を戻しながら答えた。

「あるの。おうちがきらいなの」

（うっ、直球）

さすがに、父親であろう男性の反応が気になった。

けれど、男性はちらっと女の子に目をやっただけで、すぐに私に視線を戻す。

まるで、私を見張っているようだ……

気を取り直して、私は続けた。

「そ、そう、それは困ったわね。では、どうすれば良いのか、占ってみましょう。私の手に触ってごらんなさい」

私が人の前世を『視《み》る』には、まずその人の身体のどこかに触れる必要があった。

「……うん」

女の子は警戒しているのか、ちょっと上目遣いになったけれど、両手を出す。そして手のひらを上にした私の手に、ぽん、と載せた。

すぐに、私と彼女の間に置かれた水晶玉が、色を持ち始める。

水晶玉越しに透けて見えていた少女のお人形のような可愛らしい顔が、ぐるぐると渦《うず》を巻《ま》いた。

色はやがてひとつひとつ分かれていき、別の人の姿になる。

それを見た時、私は驚きのあまり、頭が真っ白になった。

その衝撃がどんなに大きかったか、きっと誰にもわからないだろう。

水晶玉の中には、女の子がいた。

黄色い帽子から長い黒髪を覗《のぞ》かせ、ピンクのランドセルを背負った、小学校高学年くらいの少女だ。

日本人⁉

私の前世と同じ、日本人だ！

私はしばし、呼吸を忘れた。


――人の前世が視《み》える、という自分の特殊な能力に気づく前から、私は自分の前世の記憶を当たり前のように持っていた。

前世の私は、吉沢光希《よしざわみつき》という名前だ。

占いの時に使う『リュミエール・ヨシザワ』という名は、この名前から作ったもの。そう、私は前世、日本人だったのだ。

母の話では、二歳でおしゃべりを始めたころ、私は教えられていない不思議な単語を口にすることがたびたびあったそうだ。

鏡やガラス、池の水面などに前世の姿が映ることに気づいたのは、三歳前後。いつも鏡を眺めているので、周囲は私をナルシストだと思い、笑っていたらしい。

今でもふと、窓ガラスに映る自分をマジマジと眺めてしまうことがある。

現世の自分であるルーシー・ウォルナムの、長い金髪に茶色の瞳。そこに少しずれて重なるのは、顎《あご》までの黒髪、黒い瞳、ノーザンシアの人よりも彫りの浅い顔立ちの吉沢光希、享年二十八歳の姿だ。

幼い私は、他の人は自分の前世を知らないなんて――ましてや、光希の生きていた世界と私の生きている世界が別の世界だなんて、夢にも思っていなかった。

世界地図を理解するようになってようやく、「あれ？　日本、ないな？」と思ったくらいだ。

この世界が前世で生きていた世界ではないと知った私は、急に孤独感に苛《さいな》まれるようになった。

他に、私と同じ国で生きていた前世を持つ人はいないのだろうか。

人に触れた状態で鏡やガラスなどを介して見れば、その人の前世も視《み》えることに気づいた私は、探した。自分の前世と同じ、日本人の顔立ちを。ううん、光希の世界の人なら別の国の人でも良かった。

占い師の仕事を始めたのも、実入りがいいからというのが半分、同じ世界の前世を持つ人を探せるからというのが半分だ。

でも、二十歳のこの日まで、一度も出会うことはなくて……

——その、探し求めていた『仲間』が、目の前にいる！

「あ、ああああなた、あの——」

前世は日本人なんじゃ、と口走りかけた私は、ギリギリのところで踏みとどまる。

なぜなら子どものころ、この特殊能力のせいで、私は母を巻《ま》き込み転落人生を歩むことになったからだ。

バクバク鳴る心臓を胸の上から手で抑え込み、深呼吸して気持ちを落ち着ける。

私が今、「あなたは前世、異世界の日本という国にいました」なんて教えたところで、この子がポカーンとなる可能性は高い。いや、ポカーンとなる分にはまだいい。それどころか、なんの疑問も持たず異世界の存在を信じこんでしまうかもしれないのだ。

物事の分別《ふんべつ》がつかない小さい子に、特殊な前世を教えてしまうのは危険だった。

（……もしヘタなこと言って、この子が同じ目に遭《あ》ったら……！）

そう考えた私は、ふと隣の男性を盗み見た。

（……待てよ。彼が娘をここに連れてきたのは、占ってほしいことがあったからだよね。この子のことで、何かあるってこと？「おうちがきらい」って……？）

「……黒髪の、女の子が見えます」

私はとにかく、あたりさわりのないところから口にした。

黒髪はこの国でもそれほど珍しくない。

「今のあなたより、少しお姉さんみたい。学校に行っているわ」

やがて、女の子が川岸にいる場面が水晶に映る。

嫌な予感。

前世が視《み》える時はたいてい、その人の一生で一番印象深い場面が映る。本人の目線だったり、誰かがその人を見ているような感じだったり、その辺は色々だけど、幼少期の記憶は大人になると薄れるから、子どもはあまり映らない。

それがこんなにはっきりと映っているということは……

（ああ、ダメ、ボールが川に……追いかけないで……！）

……視界が、水で埋まった。そして、暗くなっていく。

「――もしかして、あなたは、水が苦手？　川とか、池とか」

私はポロッと聞いてしまった。

女の子はびっくりしたように、こちらを見る。

彼女を安心させようと、私はベールから覗《のぞ》く目元を意識して和《やわ》らげた。

「あなたのおうちの近くに、川や池はある？」

「うん。お庭にある。でも、きらい。水あそびもきらい」

急に女の子が顔をゆがめ、すごい勢いで、わっと泣き出す。

「きらいなのに！　ケリーが池で水あそびさせようとする！　お風呂もきらい！　ウェンディ、あんなうち、きらい！」

水晶玉の中の光景がブレた。何か別の光景が映り込む。

（ん？）

私はその映像に目を凝《こ》らす。

けれどその時、男性が動いた。静かに女の子の手を取り、引っ込めさせる。

女の子の手は私の手から離れ、水晶玉の光景は見えなくなった。

男性が、静かに口を開く。

「ケリーというのは、この子の乳母《うば》だ。水には気をつけさせよう」

「あ……は、はい」

水晶玉に集中していた私は、我に返った。女の子は、身も世もなく泣いている。

「ごめんなさい、もうおしまいにしましょ！」

私は少し声のトーンを明るくして女の子に話しかけた。

今は、これ以上視《み》ないほうがいいかもしれない。

本当はもう少し日本の様子が見たかったので残念だけれど、仕方ない。

(まわりの景色から、この子の出身地くらいはわかったかもしれないのになぁ。もっとうまく話せたら良かった)

女の子は少し落ち着いてきたものの、男性の肩に顔を押しつけてしゃくりあげている。

「ね、困ったことがあったら、また私に会いに来て?」

私は思わず、彼女の小さな背中に話しかけた。今度は寿命を全うできますように、という願いを込めて。

「私、人の前世は忘れないの。あなたが大人の女性になって現れても、きっとすぐわかるわ。その時は、ゆっくりお話しましょう」

女の子はまだグズグズ鼻をすすっていたけれど、ちらりと私を見て、それからまた男性の肩に顔を隠した。

またいつか、会いたい。初めて出会った、前世での同郷人。

彼女はさっき、ウェンディという名前を口走っていたし、お庭に池があるほどのお屋敷に暮らすのであればたぶん貴族だ。これだけヒントがあるのだから、調べればどこの誰なのかわかるかもしれない。

ふと見ると、男性は最初と同じように、私をじっと見つめている。私はあわてて、顔を伏せた。

「も……申し訳ないことをいたしましたわ。ほとんど視《み》てさしあげられず」

「いや、十分だ」

低い、落ち着きのある声が耳に響く。次の瞬間、フードで狭くなった視界に、スッと手が入ってきた。大きな手だ。

「私も、占ってもらえるだろうか」

「ふあっ⁉　は、はいっ！」

動揺が治まらないうちに、次々といつもと違うことが起こるので、雰囲気作りが全然できない。

こっちのペースに引き込むための仰々《ぎょうぎょう》しい台詞《せりふ》は頭から吹っ飛んだまま、私は恐る恐る手を伸ばした。

テーブルに置かれた男性の指先に、触れる。

水晶玉を通して、男性の首もとが見えていた。タイの臙脂色《えんじいろ》とフロックコートの黒がゆらりと揺れ、ぐるぐると渦《うず》を巻《ま》く。

やがて渦《うず》は消え――水晶玉は再び、男性の首もとを映し出した。

（え？　どういうこと？）

焦った私は、手を伸ばし、男性の指の半《なか》ばまで自分の指を重ねる。それでも、水晶玉に映るのは、ごく普通の、男性の服装――目の前の男性が着ているものだ。

（やっぱり視《み》えない。この人の前世が、視《み》えない！　どうして⁉）

男性は黙って、私の言葉を待っている。

背中を冷や汗が伝った。

(ああああ、どうしよう。視《み》えないなんて正直に伝えて、私の占いがインチキだって広まりでもしたら、占い師失業だ!)

どうせ、お客さんにはわからないので、適当なことを言ってごまかそうかとも考える。

でも、私は今までそんなことをしたことがなかった。

本当に視《み》える前世に基づいて話をするからこそ、お客さんに思い当たることがあるのに。

その時、ふと、思い出したことがあった。

「あ」

私はパッと顔を上げ、男性の顔を見る。

(そうだ。子どものころ、一度だけ、誰だかの前世が視《み》えなかったことがあった!)

ぼやあっ、と、その光景が脳裏に浮かぶ。

花の咲き乱れる、野原――いや、庭園で、私はぺったりと座り込み、背の高いその人を見上げている。手が触れて――

(あれは、誰だったっけ? その時、私はどうしたんだっけ? うう、小さいころだったから思い出せない)

「何が、視《み》えた?」

静かに、男性が聞く。私は喉をごくりと鳴らし、結局、正直に答えた。

「……視《み》えません」

すると、ずっと硬い表情だった男性は――

ふっ、と、微笑《ほほえ》んだのだ。

それは本当に微《かす》かな笑みだったけれど、唇をきゅっと閉じたまま口角を上げるその笑い方は、やや冷たい男性の雰囲気をがらりと温かいものへ変えた。

彼の笑みに見とれているうちに、重ねていた指先が丁寧に持ち上げられる。

そして包むように優しく握られた。

「君だったのか」

(え?)

すぐに私の手は、丁寧にテーブルに戻される。

先程の言葉は私の聞き間違いかと思っているうちに、男性は女の子を抱き上げ、カタンと椅子を引いて立ち上がった。女の子は泣き疲れたのか、男性の肩にもたれてウトウトしている。

男性がコートのポケットから封筒を出した。

その仕草に我に返った私は、急いで立ち上がって彼を止める。

「お代はいいです、占えなかったんですし! あの、申し訳ありません!」

「謝ることはない。君はこの子の前世をきちんと占った。私はついでのようなものだから、考慮しなくていい」

この男性は、ずいぶん堅苦しいしゃべり方をする人のようだ。

それに戸惑《とまど》っている間に、彼は封筒をテーブルに置き、女の子を抱き直しながら私に向き直る。

深い青が、私の目をまっすぐに見つめていた。

「……あの？」

沈黙に耐えかねて尋ねると、男性は少しかすれた声で言う。

「ルシエット。また、近いうちに会おう」

自分で扉を開き、彼は急ぎ足で出ていった。私の目の前で、扉が閉まる。

私はその場で立ちつくした。

私の名前ルーシーは愛称で、正式にはルシエットという。

けれど、それを知っているのはほんの一部の人のはずで……ううん、そもそも今の男性には、リュミエール・ヨシザワとしか名乗っていない。

「どうして」

私は急いで窓に近寄り、カーテンのすきまから外を見た。

ちょうど、男性がアパートメントから出てきたところだ。

彼は女の子を抱っこしたまま、すぐそこに停まっていた箱馬車に近づいていく。そして乗り込む前に一度、足を止めた。

ガス灯に照らされたその姿が、振り返り、こちらを見上げる。

目が、合った。

一呼吸の間、そのままでいた男性は、やがて向き直ると馬車に乗り込んだ。

御者《ぎょしゃ》が鞭《むち》を振るい、馬車は走り出す。そのまますぐに角を曲がって見えなくなった。

「きっと私、会ったことがあるんだ。あの人に……」

いつ、どこで会ったのか、必死で記憶をたどったけれど、どうしても思い出せなかった。

数十分後。私は階段を下りると、慎重にアパートメントの入り口から顔を出して、あたりをうかがった。

前に一度、私の素性を調べようとしたお客さんに後を尾《つ》けられたことがあるのだ。占いを自宅でしないのは、雰囲気づくりの他に身元がバレないためというのもある。

（……うん、今日は大丈夫そう）

私はサッと通りに出ると、すぐに路地に入った。今はもちろん占い師の衣装は脱いで、ごく普通の襟《えり》つきワンピース姿だ。

立ち並ぶアパートメントのすきまを縫《ぬ》って、下町へ向かう。

ここベルコートは、機関車が黒い煙を吐いて走り、紡績工場が朝から夕方まで賑《にぎ》やかな音を立てる、工業が盛んな町だ。

少々空気は悪いけれど、働き先は多い。

そんな町の外れで、私は母とふたり暮らしをしている。

テラスハウスの端っこの自宅は、古くてボロいけれど、小さい庭がついているところがお気に入りだ。

たどり着いた玄関脇の小窓からは、ランプの灯りが漏れている。

そっと鍵を開けて中に入ると、そこはもう台所だ。木のテーブルと椅子があって、おしゃれに言うならダイニングキッチンといったところ。

その奥にある部屋から、密《ひそ》やかな声がした。

「お帰り、ルーシー」

私は窓辺に置かれていたランプをテーブルに移し、扉の開いたままだったその部屋——寝室を覗《のぞ》く。母のミルダがベッドの中で微笑《ほほえ》んでいた。緩《ゆる》くウェーブのかかった金の髪がランプの灯りで温かく輝いている。

私の金髪は母ゆずりだ。

「お母さん、起きてたの？　具合はどう？」

「気候がいいせいかしら、このところずいぶん楽なの」

「良かった。先に寝ててね」

私は言って、そっと扉を閉めた。

私が特殊な能力を持っていることで、一番割を食ったのは、母だ。

幼いころの私は、自分が人とは違っていることを知らず、前世について周囲の人たちにしゃべり散らかしたらしい。

しかも、他の人の前世も、見えるままに口にしてしまっていたそうだ。

前世は、信じる人にだけ信じてもらうのであれば、問題になることなどない。

でも、子どもとはいえいきなり身体に触られて、「あなたの前世はこう」なんて言ってくる人がいる。

いたら、気味が悪いに決まっている。

「お父様は生まれる前、海賊だったのね！　かっこいいわ！」

そう言う私の手を振り払った父の、嫌悪感に満ちた目と、その時言われた言葉は、今も覚えている。

『──お前は、我が家の恥だ』

それをきっかけに、母は私を連れて家を出た。そして、私にこう言い聞かせたのだ。

「あなたは、人の生まれる前の姿を視《み》ることができる。でも、お父様は視《み》られたくない人なの。だから、別れて暮らすのよ」

「お父様は、私のこと、きらいなの？」

泣きじゃくる四歳の私に、母は首を横に振った。

「いいえ、そんなことありません。ルーシーはとってもいい子だもの。そうではなくて、視《み》られることが嫌なの。そういう人は他にもたくさんいるのよ。だからルーシー、勝手に視《み》てはいけないし、もし視《み》えてしまっても、それを口にしてはいけません」

「言わない、絶対に言わないから。お母様はどこかへ行ってしまわないで！」

「あら、お母様は視《み》られてもちっとも嫌じゃないから、大丈夫よ。それにもちろん、ルーシーをとてもとても愛しているわ。だから、ふたりで楽しく暮らしましょうね」

──いくらいい子にしていても、この力を嫌がる人がいる。

父と別れる理由を母が正直に教えてくれたおかげで、以来私は秘密を守れるようになった。そして、母が家庭教師の仕事をしながら女手ひとつで私を育ててくれたからこそ、大人になれたのだ。

その母が病気になって家庭教師を続けられなくなったのは、私が十四歳の時だ。

今度は私が頑張る番だと、仕事を探したけれど、母の世話をしたいので住み込みの仕事はできない。

そこで、通いや単発の仕事をバンバンやった。日本風に言うと、フリーターだろうか。

メインでやっている仕事は、通いのメイド。大きなお屋敷で大勢のお客様を迎えてのパーティがある際など、人手が必要な時に呼ばれ、洗濯や皿洗い、料理でもなんでもやる。

そしてその合間にやる単発の仕事のひとつが占いだ。占いをやっているあの中流階級向けアパートメントは、高いお金を払って部屋を借りているのではない。不動産屋に雇われて、あのアパートメントの掃除をしているのもまた、私なのである。

平民の企業家や高給取りなど、中流階級の人々が暮らすオシャレな建物は、結構ひんぱんに入退去があった。私は住人が退去すると掃除に入り、次の住人が気持ち良く住めるように綺麗にする仕事もしているのだ。

つまり、鍵を預かっている上にどこの部屋が空室かわかっちゃうので、こっそり拝借……ってわけ。ちなみに水晶玉は、質流れ品で安く手に入れたものだ。

もちろん、私が変な占いをやっているなんて知ったら、気味悪がる人もいるだろうから、仕事仲間や雇い主には秘密にしている。

白分的には特に不満のない生活を送っているのだけど――

「あなたのことを理解してくれる男性が、いないものかしらね」

最近、母がそんなことをポツリと言った。

自分亡き後、娘がひとりぼっちになってしまうことを心配しているのだ。

この国の女性は、だいたい二十歳までには結婚する。

でも、特殊能力持ちの娘を気味悪がらない男性を探すのは簡単ではない。さらに病気の自分が足手まといになっているせいで娘の結婚が難しいのでは……と、母は考えているのだろう。

私はというと、結婚願望がないわけじゃなかった。能力のことは、旦那様に隠しとおしたっていい。

でも、結婚相手の絶対条件は、母を大事にしてくれる人だ。

私がもっと器量良しだったら、うまいこと玉《たま》の輿《こし》に乗って、母に十分な治療を受けさせてあげられるかもしれないのにな。

まあ、結婚はともかくとして……

私は前世が視《み》える仲間、もしくは私が前世で生きていた世界にいたことがある仲間を待ち望んでいる。友達になれたらいいな、って。

いつか母が旅立つ時に、私はひとりじゃないと安心させてあげたい。

そこへ、とうとう現れたのが、あの少女だったのだ。

――私はテーブルの上に水晶玉を出すと、両手を組んだ。

（全能神様、神獣様。今日は『仲間』に出会わせてくださって、ありがとうございました！）

この国の人々は、唯一の全能神様を信じてるんだけど、その神様の言葉――つまり神託《しんたく》とか預言とかそういったものを人々に伝える神獣が、いつも私たちのそばにいると言われている。

ギルゼロッグと呼ばれるその神獣は、宗教画には竜に似た姿で描かれていた。身体は蛇《へび》ほどは長くなくて、三本の角《つの》を頭に生やし、長いたてがみをなびかせている。

日本で竜といえば、手に珠《たま》を持っている。水晶玉を商売道具としている私はそんな珠《たま》繋がりで、神獣ギルゼロッグを占いの神様だということにしていた。それにギルゼロッグは預言の神獣だから占いと通じるところがある。

（商売繁盛のために、神頼みはしないとね！）

私のこの特殊能力は形のないものだから、いつなくなってしまうかわからない。なくなってしまえば、この仕事では稼げないのだ。

ついでに家内安全、健康長寿もお願いしつつ、この力が私と母に幸せをもたらすように祈る。

そして……

ツインテールの女の子と、その子の前世――黒髪の女の子を思い浮かべた。

いつかあの子に、再会できますように！

それから数日が過ぎた。

日々は忙しく、あの男性とどこで会ったのかは相変わらず思い出せない。

その日は、あるお屋敷でパーティが開かれることになっていて、私は厨房《ちゅうぼう》の手伝いに行った。料理人が次々と料理をするそばで調理器具やお鍋を洗い、すぐ使えるようにする仕事だ。

料理がメインのパーティなので、予想どおり厨房《ちゅうぼう》は大忙しの大混乱。

立ちっぱなしで洗い物を続ける私は、手荒れがひどくなることを確信した。

(まあ、今は春だから冬よりはまだマシかな……)

夕方、ようやく洗い物から解放され、お屋敷を出る。

「こ、腰が痛い」

屈伸運動をすると、あちこちの骨がピキピキと鳴った。

でも、頑張ったかいがあってお給料は良かったし、食べる暇がなかったまかないのパンも持たせてもらえた。先日の占いの報酬もあるので今日の夕飯は豪華にできそうだ。

「今日は、お母さんの大好きな茶碗蒸し!」

茶碗蒸しはこの国にはない料理みたいだけれど、前世の記憶を頼りに作ってみたところ、母が大変喜んだのだ。

私の能力を気味悪がらずに理解してくれ、前世が別の世界であることを疑わず、受け入れてくれる母。

私はそんな母が大好きだ。

もっとも、私に勉強を教えていた時は、すごーく厳しかったけどね。

母の前世は学校の先生だったみたいだし、現世でも数年前までは家庭教師。そのせいか、教え方がとても上手で、天職なんだなぁと思う。

人でごった返す市場で、私は買い物をした。

紙に包んだ鶏肉と卵、きのこにハーブ……買い物かごがいっぱいだと、幸せな気分になる。

「チャッチャッチャッ、茶碗蒸しっ。プルプルプル、茶碗蒸しっ」

謎の歌を歌いながら歩いているうちに、テラスハウスが見えてきた。

私は歌うのをやめ、自宅の玄関扉に鍵を静かに差し込む。母が眠っているかもしれないので、そっと家に入るのが習慣になっていた。

（……あれ？　鍵が開いてる。女ふたりで不用心だから、いつもかけてるのに）

「ただいま」

小声で言いながら、後ろ手に玄関扉を閉めた。

寝室の扉は開いているものの、返事はない。覗《のぞ》いてみると、ベッドに母の姿はなかった。

「お母さん？　……トイレかな」

テラスハウスの住人が共同で使っているトイレが、外にある。そっちかもしれない。

待っていれば戻ってくるだろうと、ひとまず食材をテーブルに置いた時、私はそれに気づいた。

テーブルの上に、一枚の紙が置かれていたのだ。

『ルシエットへ』

紙に書かれていたのは、知らない文字。

背中がぞわりと冷たくなった。

私は急いで、続きを読む。

『ミルディリアが病気だと聞き、空気のいい場所へ移すことにした。まずは家に連れて帰る。お前も帰ってきなさい。リカード・グレンフェル』

ミルディリアは母ミルダの本名だ。

そして、リカード・グレンフェル……

（……誰？　聞き覚えのあるような気もするけど）

帰ってきなさいという文言もひっかかる。

しばらく考えて、私は息を呑んだ。

「……もしかして、お父様……⁉」

父と一緒に暮らしていたのは、四歳のころまでだ。

彼については『家の恥』だと言われた時のことくらいしか覚えていなくて、顔さえおぼろげなので、懐かしいとか慕《した》わしいとか、そういう気持ちは全くない。

ずっと母方の家名を名乗っていたこともあり、かつての家名も記憶の彼方《かなた》だ。

「どういうこと⁉　十六年間、一度も連絡なんて寄越さなかったのに。お母さんが連絡先を教えた……？」

今になって母が病気だと知った父が、心配になって連れ戻しにきたのだろうか。

でも、おかしい。急すぎる。

もし父が迎えにきたとして、私が留守の間に父について行くことを、母が承諾したとも思えない。

今朝、仕事に出かける私に、「今夜はチャワンムシ作るんでしょ、楽しみだわ」って……そう言っていたんだから。

母は、父に強引に連れて行かれた？

それだけならまだしも、気味悪がっていた私まで呼ぶなんて、父はどういうつもり？

とにかく、母が気になる。

(行くしかない！)

私は顔を上げた。

悪い想像をしていても仕方ない。生まれた家に、帰ろう。

何が起こっているのか、私は確かめる決意をした。

私はそれからすぐに近所のフリーター仲間の家に飛び込んだ。母が入院することになったと嘘をついて食材を押しつけ、しばらくの留守を頼む。

次に、寝室のチェストの引き出しをひとつ引っ張り出し、背板にピンでとめつけてあった封筒を取り出す。

大事な貯金、今こそ使う時だ。いつ必要になるかわからないのだから、持ち歩こう。

身の回りのものを布カバンにまとめ、戸締りをすると、私はベルコートの役所に飛んでいった。

グレンフェルという家について、聞いてみる。

「グレンフェル家っていったら、アルスゴー伯爵のことだよ。隣の領主の」

役所のおじさんが、貴族年鑑をめくりながら言う。

「見せてください！」

「読めるのかい？」

おじさんは私の目の前に、年鑑を広げてくれた。下町暮らしの人々は文字が読めない人も多いんだけど、私は母から教え込まれている。

名前をたどっていったそこに記載されていたのは、『アルスゴー伯爵　リカード・グレンフェル』の文字。

「なんてこと……」

私は思わずつぶやく。

父がアルスゴー伯爵なら、つまり母は、かつてアルスゴー伯爵夫人だったのだ！

（……ん？　てことは私、伯爵令嬢だったの、かな？）

間抜けな感想だけど、何しろ幼いころに家を出てそれっきりなのだ。

今よりはいい暮らしをしていた記憶がうっすらとあるものの、まさか貴族だったなんて想像したことすらない。母もそんなことは一言も言わなかった。

母子ふたり暮らしというだけで十分大変なのに、伯爵夫人などというれっきとした貴族が突然労働者階級になって働きながら子どもを育てるなんて、簡単にできることじゃなかっただろう。母の苦労は並大抵のものではなかったはずだ。

「どうして、言ってくれなかったの……」

いまいち実感が湧かないまま、私は馬車の駅に向かう。

夕方だったので、残念ながら乗合馬車はアルスゴーの手前までしか行かないとのことだ。

じっとしていられなかった私は、とにかくそれに乗り、途中の馬車の駅にある簡易宿で一夜を過ごす。

そしてついに、翌日の昼にはアルスゴー伯爵の屋敷に到着し——

そこで、真実を知ることになった。


アルスゴー伯爵邸は、灰色がかった白い石づくりの大きな屋敷だった。

洗練された直線的なデザインの窓、シンプルながら美しい装飾。まるで神殿のようで、貴族が雲の上の存在であることを思い知らされる。

正面の階段を上って玄関扉の前に立つと、私はひとつ深呼吸をして呼び鈴の紐《ひも》を引いた。

「ルシエット様！」

扉を開けたのは、髭《ひげ》のおじさんだ。

「大きくなられて……！　私です、執事のライルズです！」

「は、はあ」

(ごめんなさい。覚えてません)

古着のコートの胸元を握りしめた私は、何やら興奮しているおじさんをなだめようと、とにかく聞く。

「あの、母が……ミルダ・ウォルナムが来ていませんか？」

「ミルディリア様は先におみえですよ。とにかく、まずはリカード様にご挨拶を」

「………」

母がいると聞いて、多少なりとも安心した私は、先に伯爵に会うことにした。

ライルズに案内され、中に入る。

占いに使っていたベルコートのアパートメントもそれなりに素敵な内装だったけれど、やはり貴族のお屋敷は違う。ホールは天井が高く、繊細《せんさい》な天井画がこちらを見下ろしている。

（……見覚えが、あるような、ないような）

見事な赤い絨毯《じゅうたん》を踏んで階段を上がり、廊下の突き当たりにある書斎に通された。

厚みのあるカーテン、色鮮やかな油彩画に囲まれた書き物机と、やはりこの部屋も立派だ。そこで何か書き物をしていた固太りのおじ様が顔を上げた。

彼は私を見て、眉を上げる。

「ルシエットか」

「はい、私――」

挨拶をしようとした出端《でばな》をくじくように、彼は呆れた声を出す。

「なんだ、そのみすぼらしい格好は！」

（カァッチーン）

取るものも取りあえず駆けつけたんだから、しょうがないでしょ！　あなたがいきなりお母さんを連れてくのが悪いんでしょうが！

そう言いたい気持ちを抑え、私は母の教えどおり、スカートを摘《つま》んで淑女の挨拶をした。

「ルシエット・ウォルナムです。伯爵様にはご機嫌麗《うるわ》しく」

「ふん。ミルディリアに礼儀作法は仕込まれているのか。それなら話が早い」

伯爵はいったん視線を落とし、書いていた手紙か何かにサインをすると立ち上がる。

「お前に、結婚の話が来ている。お相手は、ウィンズロー辺境伯、ライファート・リンドン殿だ」

「……は？」

母について話し合おうと思っていた私は、ぽっかーん、と口を開けてしまった。

（いやいや、今は結婚の話なんてどうでもいいでしょうが!?）

私はとにかく母のことを聞く。

「あの、それより母は――」

「話の途中で口を挟むな」

しかし伯爵はぴしゃりと言い、自分の用件を続けた。

「ルシエットを妻に、という話がリンドン卿のほうからあった。お前、何をやったか知らんがうまくやったな。まあ、我がアルスゴー伯爵家にとっても有益な話だ。お前を私の娘ルシエット・グレンフェルに戻してやるから、この家からリンドン卿に嫁《とつ》げ」

（……この人、本当に私のお父様なの？）

私は心の中で首を傾《かし》げた。

この伯爵様の態度、実の娘に対するものとは思えない。この人と母が一時でも夫婦だったなんて、想像ができなかった。

まあ、彼が本当のお父様だとして、その鐘が鳴ってるみたいな名前の辺境伯を私は知らない。こちらからアプローチなどしていないことは確かだ。

「申し訳ありませんが、人違いのようです」

私がそう言うと、伯爵は目を細めた。

「なんだと？」

「私、そのリンゴン卿？　には、お会いしたことも連絡を取ったこともありませんが？　卿は、同じ名前の別の方をお望みなのでは？」

「私の娘で、ルシエットという名前の者はお前だけだ。黙って嫁《とつ》げ」

「とにかく母に会わせてください。そもそも、私があなたの娘だということが、信じられません」

「ミルディリアによく似た顔をしておいて、よくも」

伯爵は声を荒らげかけて、不意に表情を変えた。そして鼻で笑う。

「まあ確かに、お前が私の娘かどうかは怪しいものだがな。私の親族で、お前のように気味の悪いことを言い散らかす者は、他にいないのだから……」

（……何？）

言葉を返せないでいるうちに、伯爵は軽く手を振った。

「その辺はミルディリアから聞くがいい。あいつが一番よく知っているだろう。ライルズ！」

呼ばれた執事さんが現れると、伯爵は言う。

「ルシエットをミルディリアのところに案内しろ。――ルシエット」

再び私に視線を戻した彼は、ニヤリと笑った。

「ミルディリアのためにどうしたらいいか、よく考えることだな。自分の利用価値を知り、私と取り引きするのだ」

私は何がなんだかわからないまま、執事さんの後について書斎を出た。

「ミルディリア様はこちらです」

案内されたのは、二階の一室だ。

扉を開けると、この部屋もまた上品な柄《がら》の絨毯《じゅうたん》が敷かれ天蓋《てんがい》つきのベッドがあるという豪華さ。

そのベッドで、母が身を起こしていた。

「ルーシー！」

「お母さんっ」

私は母に駆け寄り、伸ばされた手を握る。

「ああ、ルーシー、ごめんなさい」

母は顔色が悪く、何か話そうとして、咳込《せきこ》んだ。

私は急いで、持ってきた荷物の中からハーブティの葉を出す。立ち去りかけていた執事さんを呼び止め、お茶を淹《い》れてくれるよう頼んだ。

医学的にどんな作用があるのかは知らないけど、とにかく母の咳《せき》にはこれが効く。そのため、庭で育てては乾燥させて常備している。

しばらくして私は、ハーブティを飲んで少し落ち着いた母から、話を聞いた。

「急に私がいなくなって、驚いたでしょう。いきなり馬車に乗せられて、駅に連れていかれてしまって」

母は、積み上げた枕にもたれる。

「……けれどリカードは、本当にあなたのお父様よ。ここは、あなたの生まれた家なの」

「伯爵家だなんて、全然覚えてなかった。私たちが家を出た時のこと、ちゃんと教えて」

そう聞くと、母はうなだれた。

「そうね。今が、話す時なのでしょうね。……あなたの能力を気味悪がったリカードは、幼いあなたに辛く当たったわ。このままではいけないと思った私は、あなたと家を出た。そうしたらいつの間にか、あなたがリカードの娘ではないかもしれないと……つまり、私が不義をして産んだ子で、だから私とあなたは家を出たんだということにされてしまっていて」

(あっ。さっきお父様が、自分の娘かどうか怪しいって言ってたのは、そういう意味!?)

「何それ、ひどい！　お父様は違うって言ってくれなかったの？」

「誰かに聞かれると、一応の否定はしていたようだけれど……そんな話が一度でも広まってしまえば、疑いは残るわ」

「そんな……。私たち、追い出されたようなものじゃない。それなのに……」

「それで、私の父、つまりあなたのおじい様が私の不義を信じてしまって、ひどく怒ったの。だから実家は頼れなかった。でも、おばあ様がこっそり手を回してくれて、私はベルコートの企業家のところで住み込みの家庭教師の職を得た。あなたがある程度手がかからなくなっていたから、雇い主はあなたも一緒に住んでいいと許してくれたわ」

そのあたりのことは、なんとなく覚えている。

母がその家の娘さんに勉強を教えている間、私は半地下の使用人区域でひとりで遊んだり、料理の下拵《したごしら》えを手伝ったり、靴を磨《みが》いたりしていた。そうして、様々な労働を学んだ。

今、私たちがふたりで暮らしている家は、その企業家が世話してくれたものだ。

母が病気で仕事が続けられなくなっても、今までよく働いてくれたからと、手配してくれた。

「お母さん、どうして話してくれなかったの？」

「証《あか》し立《だ》てができないもの……私が不義をしていないという証《あかし》がない」

「やっていないことを証明なんて、難しいに決まってる。そんなこと証明しなくていい、私はお母さんを信じるから！」

はっきりとそう言うと、母は涙ぐんだ。

「ありがとう、ルーシー」

「当たり前のことなんだから、お礼なんて言わないで。それで、どうして今さら連れ戻されたの？」

私は話を戻す。

「役所で、貴族年鑑を見せてもらったわ。お父様、再婚して子どももいるじゃない。どうして今になってお母さんを？　連絡したの？」

「していないわ！　リカードの目的は私ではない。あなたよ、ルーシー」

母は眉根を寄せた。

「私は、あなたに言うことを聞かせるための人質みたいなもの……だと思うわ」

「はあ⁉」

私は思わず声を上げる。

母は、拳《こぶし》を握りながら続けた。

「ウィンズロー辺境伯が、あなたを妻にしたいと言ってきたのは本当らしいの。ルシエット・グレンフェルを、と名指しでね。リカードは、あなたがずっとこの家で令嬢として育ったかのようにとりつくろって、お嫁に行かせるつもりよ」

「ああ、そういえばさっき、礼儀作法を仕込まれてるなら話が早いとかなんとか……」

「そんなつもりで、あなたに教えたわけではないわ！」

母は枕から身を起こし、取り乱した口調で言う。

「ただ、身を粉《こ》にして働くあなたが可哀想で……本当は伯爵家の娘なのにと……グレンフェルの家には関係なく、別の生き方があるかもしれない、その時に困らないようにと思ったから……！」

「お母さん、落ち着いて」

私はあわてて、母の背中をさすった。

「お母さんが上品な振る舞いを教えてくれたから、雇ってもらえた仕事もあるのよ。感謝してる」

特に、母に叩き込まれた上流階級の言葉のおかげで、大きなお屋敷でも働かせてもらえている。

もし私が下町言葉しか知らなかったら、雇ってもらえなかった。

けれど、私の言葉を聞いて、母は首を横に振り目を細めた。

「――これは想像だけど、リカードはたぶん、お金の問題を抱えているのよ。だから、あなたをリンドン卿の妻にして、彼から援助してもらいたいんだと思う」

「ははぁ……ありそうな話ね。でも、そのリンゴン卿はどうして、私がいいって言ったんだろう？」

「リンドン卿よ、ルーシー。ライファート・リンドン様」

母は自分を落ち着かせるように、小さくため息をつく。

「卿のお考えはわからないわ。とにかく、リカードはルーシーを卿と結婚させるつもりでいる。辺境伯と縁戚になれるなんて、素晴らしい話だものね」

「そうなの？」

「そうなの」

母は困り顔で、いまいち話を理解していない私を見た。

「辺境伯領といったら、隣国との交易の要《かなめ》。それに、他国と領土を接しているから防衛面でも重要で、いざという時に辺境伯だけでも領地を治められるように、色々な特権を与えられているの。あなた、小さいながらも国の王妃様にって望まれているようなものよ」

「……ほほう。なるほど」

「本当にわかってる？」

「う、うん、わかってる、わかってる」

（頭では理解したよ、実感は湧かないけどね）

とにかく、父の思惑《おもわく》がようやく理解できてきた。

父にとっては、私と血の繋がりがあるかどうかは関係ない。利用価値があるか、ないかだ。物置の奥から私というガラクタを探し出してきて、おお、まだ使えるじゃないか、とホコリを払って使うような感じなのだろう。

自分の利用価値を知れ、と、父は言った。

そう……もし私が再びグレンフェルの娘として認められれば、それは同時に母の不名誉も返上されるということになる。それに、私が言うことを聞く代わりに母に高度な治療を受けさせてもらえるよう、取り引きができるかも。

父はもう再婚しているのだから、母がこの家に住むことにはならないだろう。

現に手紙には「空気のいいところに移す」と書いてあった。どこかあてがあるのかもしれないし、私が結婚してリンドン卿とうまく行けば、いずれは母を呼び寄せられるかもしれない。

「ああ、リカード……私を餌《えさ》に、娘をおびき寄せるようなまねをするなんて。……ちょっと、ルーシー？」

母が、思いがけないほど強い力で私の手を握った。

「なんなの、その何か企《たくら》んでいるような顔は」

「お母さん」

私はその手を握り返し、にまっ、と笑う。

「この話、乗ってみようかなぁ」

「何を言ってるの！」

母は目を見開いた。

「あなたの人生に関わることなのよ？　それを勝手にリカード、ごほっごほっ――」

「あ、いや、あのね」

母の背中をさすりながら、私は説明する。

「確かに、お父様は勝手だなぁと思うよ、私も。でも、それさえ別にすればいい話じゃない？　私、本当はずっと、大金持ちと結婚してお母さんに楽をさせてあげられたらなぁって、思ってたんだよねー」

「あのお父様の娘に戻るのよ!?」

「でも、すぐにお嫁に行くんでしょ。一緒に暮らすわけじゃないし。時々会うくらいなら、まぁ」

「嫁《とつ》いだ後も、ずっと利用されるわ」

「貴族同士なんだから、利用したり利用されたりは仕方ないわ。リンドン卿のほうだって、妻の実家が何か言ってきても、その辺は織り込み済みなんじゃないかな。それに、卿がすっごくいい人かもしれないじゃない。どんな方なのか確かめてからでも、遅くないと思うの」

「あなたって子は、思い切りが良すぎて本当に心配」

再び枕に背中を預けた母は、とうとう苦笑した。

「……前世のことは？」

「絶対口にしないわ、もちろん。言わなければ済む話だし」

（隠すくらい、なんでもない。玉《たま》の輿《こし》のためなら！）

私はお金のこととなるとゲンキンになる。マンガだったら目が「＄《ドル》」のマークになっているところだ。

「よーし、なんだか燃えてきた。もう一回、お父様と話をしてくる！　お母さん、少し休んでて！」

私は母が横になれるようにベッドを整え、母に笑顔を見せてから部屋を出た。

さあ、お父様との話し合いだ。

子どものころの私は、お父様の前世を視《み》て「海賊かっこいい！」なんて言ったけど、大人になった今、わかったことがある。

お父様の前世は海賊っていうか、つまり密輸業者だったのだ。

そういう下地のある人と取り引きしようっていうんだから、油断ならない。色々と気をつけないと。

（……で、お父様の書斎はどっちだったかしら。広い……）

玄関の近くに行けばいいはず、と、最初に見つけた階段を下りたのに、なぜか廊下を進むとまた上へ続く階段が出現してしまった。

（さっき、ここ通ったかな？　日本なら、こんな複雑なお屋敷、建築基準法違反じゃない？）

うろうろしていると、どこからか話し声が聞こえてくる。

「……冗談ではないわ。ロレッタを差し置いて、追い出されたはずの娘が辺境伯夫人になるなんて」

怒りに満ちあふれた、女性の声だ。

それに、高くのんびりした声が答える。

「ご指名なのでしょ、仕方ないわ」

「あなたは悔しくないの⁉　血の繋がりすらないかもしれない姉が、辺境伯夫人になるだなんて……私たちより身分が上になるってことなのよ⁉」

話の内容からして、この声はたぶん、お父様の今の妻のハリエラと、娘のロレッタだ。つまり、私の義理の母と異母妹、ってことになる。

「リカードはどうして、ロレッタのほうを強引にでもすすめないのっ」

「お母様、私まだお嫁になんて」

「お黙り。こんな良縁、めったにないのに。ああ、なんとかならないのかしら」

声の聞こえ方が変わり、ふたりが部屋から出てきたのがわかった。私はそーっと、廊下の角から覗《のぞ》く。

ふたりの女性が、向こうの廊下の角を曲がっていくのが見えた。

ハリエラ様はどこかエキゾチックな顔立ちの方で、高い位置でまとめられた栗色《くりいろ》の髪はボリューム豊かでゴージャスだ。立派な耳飾りと、いくつもの指輪をつけている一方、大きく開いた胸元に首飾りはなかった。ばいーんと盛り上がった胸で、アピールは十分ということかもしれない。……羨《うらや》ましい。

一方のロレッタは、顔はハリエラ様に似ているけれど小柄で細身だ。金茶色の髪を、今の王都の流行《はや》りで短くし、耳のあたりでカールさせている。ちょっと眠そうな目のせいか、貴族年鑑に書かれていた十五歳という年齢より幼く見えた。

ふたりの気配が消え、私はため息をつく。

つくづく、一緒に暮らさずに済んでラッキー！

玉《たま》の輿《こし》と言えばシンデレラだけど、私の場合は継母と義理の姉にいじめられるイベントをすっとばして、いきなり王子様のところにお嫁に行くようなもの。シンデレラよりずっとイージーゴーイングだ。

ようやく見つけた別の階段を、私は気合を入れ直しながら下りていく。

問題は、ウィンズロー辺境伯リンドン卿だ。いったい、どんな方なんだろう。そして、どうして私をお望みなんだろう。

私は布カバンの中の水晶玉を思い浮かべ、リンドン卿がいい人であるよう、占いの神ギルゼロッグにこっそり祈ったのだった。

第二章　変わり者の辺境伯よりも、転生仲間のことが気になります

「ちょ、ちょっと、止めて」

私は口元を押さえ、箱馬車の中から窓をゴンゴンと叩いて御者《ぎょしゃ》に訴えた。隣の父が不機嫌そうに私をにらむ。

「もうすぐだぞ、我慢しろ」

「お願いします、少しでいいのでっ」

馬車はゆっくりと止まった。

ガタゴトと音がして、御者《ぎょしゃ》が扉を開いてくれる。足台が用意されていて、私はドレスの裾《すそ》をからげながら、よろよろと外に出た。

馬車での長距離の移動、加えて、慣れないコルセット。……酔った。

ゆっくりと、深呼吸をする。

「すー、はー。……わぁ」

人心地がついて顔を上げた私は、目の前の景色に目を見張った。

うねるように続く丘の合間に、海が光っている。海から吹く風が潮の香りを運び、私の前髪をそよがせた。

海の手前、ひときわ大きな丘の上に、古いお城が建っている。

あれが、私たちの目的地――ウィンズロー城だ。

かつて海の向こうの隣国と戦う拠点として建てられたそれは、赤っぽい石でできた質実剛健《しつじつごうけん》といった感じの造りで、砦《とりで》の役割を果たすためか横に広かった。

そして、城の裾《すそ》から丘の麓《ふもと》にかけて、緑に包まれた美しい町並みが広がっている。戦争も今は昔となった現在、友好国となっている隣国との交易で、町は潤《うるお》っているのだろう。

後ろの馬車からメイドさんが出てきて、私の様子を心配そうに見ている。私は、もう気分は大丈夫、という意味を込めてうなずいた。

「……でも、この格好でいいのかしら」

今朝方メイドさんに着付けてもらった自分の服装を見下ろす。

いくつか段のあるドレスの上に、襟《えり》のある短いジャケット。スカートもややタイトで、王都ではこういうスタイリッシュな格好が流行《はや》っているらしい。でも、ここは辺境だから、同じような格好が流行だとは限らない。そこがちょっと心配なのだ。

それにしても、ウエストはコルセットで引き絞られているし、帽子は邪魔だし、貴族の女性はなぜこんな格好で平気な顔をしていられるんだろう。信じられない。

――私、ルーシー・ウォルナムがルシエット・グレンフェルに戻ることが決まってすぐに、父はリンドン卿に「娘とご挨拶に伺いたい」という手紙を出した。

すぐに来た返事は、こんな内容だ。

『ぜひお越しください。ウィンズローは辺境の地、行ったり来たりの移動は大変でしょうから、ルシエット嬢が当地をお気に召したら、そのまま城での暮らしを始めていただいても構いません』

「すぐにでも一緒になりたいという勢いじゃないか。いったいどうしたことだ」

父はご機嫌ながらも不思議そうだ。

「卿は、二年前に爵位を継いでからというもの、結婚話が引きも切らずに持ち込まれていらっしゃるそうだぞ。それでもまとまらなかったのに、あちらからお前をご指名とは。お前、本当にどうやって卿をここまでその気にさせたんだ？」

「私のほうこそ知りたいです。それよりも、お父様――」

リンドン卿の気持ちに、私はそれほど興味がない。母のことのほうが大事なので、父に念押しする。

「お母さん……お母様に何かあったら私、ライファート様にも気味の悪いお話をお教えして結婚をぶち壊しますから、そのおつもりで。ハリエラ様にも、そこは了承していただかないと」

リンドン卿からの援助をあてにしている以上、父は私に頑張ってもらわないと困るだろう。後妻のハリエラ様だって、自分の生活に関わるのだから、怒っていても母には手が出せないはずだ。

「わかっている。ミルディリアは我が家の別荘に置く。管理人夫妻が世話もする。医師にも定期的に診せる」

父は私の条件をすんなり呑んだ。けれど、ひとつ釘を刺す。

「いいか、下町臭さは徹底的に隠せ。お前は貴族として育たなかったために知らないだろうが、貴族は装《よそお》いや立ち居振る舞いで、権力と財力を見せつけねばならん。労働者はそれを目の当《ま》たりにして、この人たちならば自分たちの生活を預けることができると安心するものだ。辺境伯夫人になるのだから、心得ておけよ」

私と母の予想どおり、父は投資に失敗して、少々借金があるようだ。そんな父から財力だのなんだのと言われても、正直説得力がない。

でも、もし私がウィンズロー辺境伯領の領民で、領主様のお嫁さんが怪しげな占い師だったら、心配になるかもしれなかった。「適当なことを言って領主様をたぶらかそうとしているのでは⁉」とか、ちょっと思っちゃう可能性もある。

よけいなトラブルを避けるためにも、私の能力や占い師をやっていた過去は封印しよう、と思った。離れて暮らす母のためにも、失敗するわけにはいかない。

出発前、私は母の世話をするという管理人さん夫妻に会わせてもらい、しっかりした人柄であることを確認した。母の病状やこれまでの食事のことなどを伝え、ルーシーオリジナルブレンドのあのハーブティも渡す。

そして、母とも約束した。

「何かあったら、すぐに知らせてね。手紙に書きにくいことなら、私にだけわかるように書いて。必ず助けに行くから」

そう打ち合わせると、母はしっかりとうなずいた。

「私のことは心配しないで。リンドン卿が優しい方であることを祈っているわ。ああ、こんな時に、娘に何も持たせてやれないなんて」

「お母さん、いつも言ってるじゃない。勉強したことは財産になるって。お母さんにもらった大切な財産、ちゃんと持っていくから安心して」

胸を叩いてみせると、母はにっこりと微笑《ほほえ》んだのだった。

そして一ヶ月ほどの時間をかけて、私は髪や肌のお手入れをされ、現在の貴族社会のあれこれを詰め込まれてから、いよいよウィンズロー辺境伯領に向かうことになった。

汽車を乗り継ぎ、馬車で森を抜けて山間の道を進み、数日かけてようやく辺境伯領内に入ったのだけれど——


「ん？」

素晴らしい景色と美味《おい》しい空気が、私の馬車酔いを癒《いや》してくれた。けれど、そろそろ出発しようとした時、城のほうから一台の馬車がやってくるのが目に入る。

「なんだ？」

父も馬車を降りてきた。

その馬車は、私たちの目の前で止まった。ゆったりした作りの箱馬車だ。

扉が開き、フロックコート姿のひとりの紳士が降りてくる。その姿を見て、私は思わず目を見張った。

知性あふれる顔立ちに、風に少し乱れたアッシュグレーの髪。そして深い青の瞳と、口を閉じたまま口角をグッと上げる、あの微笑《ほほえ》み。

低い声が私にささやく。

「ルシエット」

声を上げかけた私は、あわてて手袋をした手で口をふさいだ。

(なんで、この人が、こんな場所に!?)

それは、私の前世占いのお客になった、あの男性だったのだ。前世が日本人の小さな女の子を連れてきた、だけど本人の前世は視《み》ることができなかった、あの……!

父が一歩、踏み出す。

「やあ、これはリンドン卿!」

「ええっ!?」

私は結局、口をふさいでいた手を離して声を上げてしまった。

(こ、この人が、ウィンズロー辺境伯ライファート・リンドン!?)

「ようこそ、ウィンズローへ」

リンドン卿――ライファート様は父に向き直って握手し、そしてもう一度、私を見て微笑《ほほえ》んだ。

「ルシエット。ようこそ」

その時、私は「あ。終わった」と思った。

だって、占いをしたあの日、この方は私を『ルシエット』って呼んだもの! つまり、占い師イコール今ここにいる私だって――私が怪しげな力を持ってるって、もうバレてるってことだ！

（あああ。まさか、会った瞬間に破談だなんて……）

私は思わず、ぎゅっと目をつぶって身構えた。

きっと、気味が悪いとか、お前のような嫁はいらないとか、そんなような言葉が降ってくる。

でも、私は顔を隠していたのに……どうして私がルシエットだとこの人はわかったんだろう。いつ、どこで、ルシエットを知ったの？

不審な態度の私に気づき、父があわててフォローを入れる。

「申し訳ない、娘は少々馬車に酔ってしまいまして。休ませていたところなのです」

いかにも私を心配しているような口調だけど、もうタヌキっぷりは無駄だ。何もかもご破算なんだから。

そこに、ライファート様の淡々とした声が降ってきた。

「それはいけない。山間は道が悪い、大変だったことだろう。ここまで来れば大きな馬車が使える。私の馬車にお移りになるといい」

「えっ」

私は思わず顔を上げ、ライファート様の目を見た。

ライファート様は、少し眉根を寄せてこちらを見つめている。その表情は心配そうだ。

結果的に見つめ合っている私とライファート様を、父は見比べた。

「リンドン卿、どちらかへお出かけだったのでは」

「いや。そろそろ着くころと思い、お迎えに上がった」

「なんと、わざわざありがたい。ルシエット、乗せていただきなさい。私はこのままこの馬車で行くから」

「えっ⁉」

さっきから「えっ」しか言ってない。それは置いといて……

（ちょ、待ってよお父様、いきなりライファート様とふたりきり⁉）

いけすかない父ではあるけれど、すがるように見てしまった。それなのに、父はさっさと乗ってきた馬車に戻ってしまう。

「さあ、ルシエット」

名前を呼ばれた私は、ぎょっとして振り返る。ライファート様が、馬車の前で手を差し出して待っていた。

私は仕方なく、ライファート様に近づく。背の高い人なので、ちょっと上目遣いになったくらいでは顔が見えず、恐る恐る顔を上げた。

また、視線が合う。

ライファート様はあの笑みを浮かべている。なんだか、真面目な顔をしようとしているのに、ついつい顔がほころんでしまっているかのような笑みだ。

薄い唇から、こんなつぶやきが漏れた。

「間に合って、良かった」

（何が？　馬車が？）

どうしていいのかわからないまま、彼の手に自分の手を預け、私は馬車に乗り込んだ。中は広く、座席も程良い柔らかさだ。

隣にライファート様が乗り込んだため座席が軽く沈み、私はドキッとする。

心を落ち着ける間もなくすぐに、馬車は動き出した。

不意に、すっとライファート様に顔を覗《のぞ》き込《こ》まれる。

「顔色が悪いな」

「ひゃい!?」

変な声が出た。

（緊張しすぎだ、私！）

ライファート様は目元を和《やわ》らげる。

「もうすぐ舗装《ほそう》した道に入る。揺れも小さくなるだろうから、少し辛抱してほしい」

私は一度深呼吸して、気持ちを立て直した。

（え、ええい。待つのは性分じゃないのよ、こちらから打って出る！）

「はい、ありがとうございます。ご挨拶が遅れて失礼いたしました。私はルシエット・グレンフェルです。どうぞよろしくお願いいたします。……あの、リンドン卿」

家名を呼ぶと、「ライファートと」と、即座に訂正された。

（もう名前呼びなの!?　ハードル高い！）

「あっ、あの、ライファート様」

「何かな、ルシエット？」

「どうして私に、その、今回のお話を持っていらしたのでしょうか？」

一度、ごくりと唾を呑み込み、私は続ける。

「どこかで、お会いしたことが……？」

すると、ライファート様は私をじっと見つめながらうなずいた。

「会ったことがある。十六年ほど前のことだ」

（へ？　……それってもしかして、グレンフェル家を追い出される前？）

「わ、私が子どものころ、でしょうか」

「そうだ。覚えていないのも無理はない。……建国記念行事の行われていた、王宮でだった」

ライファート様の視線がようやく私から外れ、何かを思い浮かべる表情になる。

「私は王侯貴族たちがさんざめく広間を抜け出して、庭園を歩いていた。当時、私は貴族といえども爵位を継承する可能性などほとんどない、末端にすぎなかったしな。すると、幼い子どもが池を覗《のぞ》き込《こ》んでいたんだ。落ちそうになっていたので、私はその子の手を引いて助けた。すると、その子はこう言った。『あなた、空っぽだ』と」

（……っぎゃーっ‼）

ドッ、と私は冷や汗をかく。

鏡や池を覗《のぞ》くのは、子ども時代の私の癖だと母から聞いている。

たぶん、映っている自分の前世の姿を眺めるためだろう。そしてきっと池に落ちそうになった私は、手をつかんでくれた人の前世を視《み》たんだ。

でも、視《み》えなかった。池に映らなかったのだ。

その時の人が、ライファート様！

（前世が視《み》えなかったからって、か、空っぽ、だとう!? まるでバカ呼ばわりじゃないの、なんてことを口走ったんだろう！）

「そ……その子が、私だと？」

（もう、馬車から飛び降りて走って帰ろうかな）

そんなことを考えながら扉をちらちら見ていると、ライファート様は私に視線を戻した。

「その少女は、生まれる前の世界の話をする、不思議な子だった。……そして月日は流れ、最近になって私は、とある貴婦人から前世占いの噂を聞いた。その占い師の助言はよく当たるという。ひょっとしてあの子かもしれないと思ったのだ。そうでなくとも辺境伯の位を継ぎ、少々問題を抱えていた私には、助言が必要だった。そこでその貴婦人に頼み込み伝手《つて》をたどって紹介してもらい、評判の占い師のもとを訪ねたのだ」

その時、馬車が大きく揺れた。つんのめりそうになった瞬間、隣からライファート様の手が伸びてきて、肩を支えてくれる。

「あ、すみません！」

あわてながらも、反射的に、私は馬車の窓を見た。

私の姿には、吉沢光希の顔が重なって映っている。でも……ライファート様の姿には、何も重なっていない。

やっぱり視《み》えないと思いながら、私はもう一度「すみません、ありがとうございます」と言って身体を引いた。

窓に映るライファート様の口が動く。

「占い師の君は目元しか見えなかったから、最初はわからなかった。そこで、ウェンディの前世を視《み》てもらった後で、私の前世を視《み》てほしいと言ったのだ。……君は、『視《み》えない』と言った」

その口元が、微笑《ほほえ》みを作った。

「その時、確信した。年齢、瞳の色、不思議な力。『空っぽ』というのは『視《み》えない』という意味だったのだ、この女性はあの時のルシエット・グレンフェル嬢だ、と。とりあえず、君を知っていたことの説明になっただろうか」

(ええ、はい。もう、完膚《かんぷ》なきまでに)

私はおとなしくうなずいた後、もう一度、聞く。

「あの、でも、そんな気味の悪い娘をどうして結婚相手に……?」

「気味が悪い? そんなふうに思ったことはない」

ライファート様はいぶかしげに言う。

「そういった力を持っている人が実際に目の前にいるのに、否定してどうなる。誰かに気味が悪いと言われたのか?」

「え？　ええ、まあその」

口ごもると、ライファート様はあからさまに不機嫌になった。

「どこの誰だ、その不愉快な人間は」

(後ろの馬車に乗ってる人です)

そうは言えずに黙っていると、ライファート様は自分の顎《あご》を撫でた。

「ふん……なるほど。それで君はあのように顔を隠して、伯爵令嬢であることを明かさずに、人々を占っていたのだな」

(……お？　もしかして、私が下町育ちであることはバレてない……？)

ライファート様とは、私がまだ幼い伯爵令嬢だったころに出会った。次にお会いした時、私はそれなりに立派なアパートメントで貴族を相手に占いをしていた。言葉も、母に教わった上流階級のものだ。私を貴族として育った令嬢と思い込んでいるのだろう。

まさか私が下町でフリーターやってたなんて、思いもよらないんだ。

まあ、父はそういうことにしたかったんだから、これでいいのかなぁ。

「あの、お願いが……。心配すると思い、占いをしていることは父には話していないのです。ライファート様も、秘密にしていただけないでしょうか」

ひっくり返りそうな声を抑えながら言うと、ライファート様は微笑《ほほえ》んだ。

「わかった。秘密を作りながらも、占いで人の役に立とうとしてきた……素晴らしいことだ」

「いえ、そんな」

金儲けの手段だっただけに後ろめたい！

口ごもりながらも、私はライファート様を見つめる。

『実際に目の前にいるのに、否定してどうなる』

彼は、私の力を当たり前みたいに言ってくれた。まっすぐ、受け入れてくれた……

さっきの言葉が、胸に響いていた。


しばらくしてふと、ライファート様は私越しに、窓の外に目をやった。

「そろそろ到着だ」

ふっ、と薄暗くなったと思ったら、馬車はトンネルのような城門を通っている。引き上げられている落とし格子を潜《くぐ》ると、またパアッと周囲が明るくなった。

広い中庭をいくつもの建物や塔が取り囲んでいるのが見える。

ウィンズロー城内に入ったのだ。

「わぁ……」

赤っぽい石でできた城は古風で、四階建てくらいの高さがある。かつては砦《とりで》として使われていただけに装飾は少ないけれど、ずらりと並ぶ窓がボートのように尖《とが》った形をしているのがおしゃれだし、敷地のあちこちに建っている塔もとんがり屋根で可愛らしい。

中庭の一部はバラ園になっていて、初夏のバラが美しく咲き誇り、その真ん中に作られた小さな離れはまるで妖精の館みたいだ。

「こんなに大きなお城だなんて、思っておりませんでした。たくさんの方が住んでいらっしゃるんでしょうね」

「いや、そうでもない。使われていない区域もあるし、五十年前の戦争以来、補修が済んでいない区域もある」

突然、ライファート様の口調が朗々《ろうろう》としたものになった。

「そもそもウィンズロー城は、隣国ギュベルグとの戦争の際にメルデン王の第二王子――エルデレクが組織した騎士団が駐留するために作られたもので、後に友好国マルレームの部隊が合流することになって増築した。また、その縁で第一次ハイデリー戦役の際に破壊された箇所は、一部マルレームの建築様式で補修され――」

――うんぬん、かんぬん。

そ、そうだった。ライファート様は、辺境伯の地位を継がれる前は大学で教鞭《きょうべん》をとってらっしゃったのだ。専攻は歴史学。

さすがに詳しい……

「すごいですね」

「ん？」

「いえ……ライファート様がウィンズロー辺境伯になったおかげで、このお城は大事にしてもらえて幸せですね」

私の答えに、ライファート様は微笑《ほほえ》む。

「君にそう言ってもらえると、私も幸せだ」

けれど実は、私は話をしながらも半分上の空だった。

城に入ればすぐに、ライファート様の親族との顔合わせになる。きっと親族の方々もすごい人たちなのだろう。

ライファート様は私を受け入れてくれているようだけれど、彼らもそうだとは限らない。ぬかりなくやらなければ。

（……あっ、そうだ。親族といえば、占いの時、ライファート様が連れてきた女の子は？　あのウェンディという子は、ライファート様とどういう関係なんだろう。もしかして、隠し子だったりして）

「ライファート様」

「何かな、ルシエット？」

すぐに目を合わせてくる彼は、返事まできっちりしている。

「占いの時の、可愛らしい女の子も、ここに？」

「ああ。後ほど会わせよう」

ライファート様は当たり前のようにうなずいた。

（わ、嬉しい、すぐに会えるんだ！）

前世の国を同じくするかもしれない少女との再会に気持ちが高まり、緊張がたちまち楽しみに変わる。

そして馬車が止まり、外から扉が開かれた。

ウィンズロー城の赤っぽい石の廊下は、天井の真ん中がとんがるように高く、幾重《いくえ》ものアーチになっている。白壁には草花の模様が描かれていた。

父がライファート様に何か話しかけている後ろを、私はあちこち見回しながらついていく。

ライファート様は何度か振り向いて、私の様子を確認している。気配りの細《こま》やかな方のようだ。

やがて、美しい居間にたどり着いた。天井を支える立派な柱、重厚なカーテンのかかった窓にはステンドグラス……都会的なアルスゴーのグレンフェル家に比べ、古めかしい雰囲気なのが素敵だ。

広々としたその部屋には、年輩の女性がふたりいた。

「ご機嫌麗《うるわ》しく。リカード・グレンフェルと申します」

「初めまして、ルシエット・グレンフェルと申します」

父に続き、ドレスの裾《すそ》を摘《つま》んで挨拶すると、女性たちは一様に笑顔になった。

「ウィンズローへようこそ。ここを気に入っていただけると嬉しいわ」

ライファート様が、女性を大叔母たちだと紹介してくれる。

リンドン家の人々と交流するにあたって、私も予習はしてきていた。

ウィンズロー辺境伯領は数年前、流行病《はやりやまい》という災禍《さいか》に見舞われており、領主の一族も次々と亡くなっている。それで、継承順位がうんと低かったライファート様のところへ、転がり込むように爵位が引き継がれたのだ。

ふたりの大叔母様は、城ではなくウィンズロー辺境伯領内にある別の屋敷に住んでいるらしい。

「ライファートは、領地経営の才もおありになるようよ、安心してくださいね」

「さすがに、女性をこの城にお迎えする際のあれこれにお困りのようだったから、私たちはちょっとお手伝いに来ただけなの」

大叔母様たちはコロコロと笑いながら言い、そして続けた。

「ここでの生活がどんなものか、少しお教えしておきましょうか」

「はい、ぜひ！」

私は気合を入れて拝聴する心構えだったのだけれど、大叔母様たちの話は先代、先々代の辺境伯夫人がこの無骨な城でどんなふうに過ごしていたかに触れる程度だった。

「――後は使用人たちに教えておいたから」

「ご結婚が正式に決まりましたら、細《こま》かいことはまたその時、ね。それより、あなたのドレスとても素敵ね」

大叔母様たちはあっさりと話題転換し、私のドレスや容姿を褒め、話の内容を褒め、ライファート様とお似合いだと褒め――つまりちやほやちやほやしてくれた。

厳しいダメ出しをされたらどうしよう、と緊張しまくっていた私は、少し拍子抜けする。

（ま、まあ、とにかく下町育ちのボロが出ないように気をつけよう）

やがて、大叔母様たちは父に話題を振り、父を挟んで話し始めた。

（お父様、タヌキだからにこやかに話してるけど、何を考えているやら。まあ、私の知ったこと

じゃないけどね）

そんなことを考えながら、ふと気づくと——

——私とライファート様、ふたりで話す雰囲気になっていた。大叔母様たちはこのセッティングのために、父に話しかけたのかもしれない。

「ルシエット。中庭を案内しよう」

空気を読んだのか、ライファート様はすぐに私を誘った。

「はい」

うなずいて近づくと、彼は私の手をとって自分の肘《ひじ》にかけさせた。いったん廊下に出てから、外に出る。

男性にエスコートしてもらうなんて、初めての経験だ。緊張しているせいか、足下がふわふわして、雲の上でも歩いているみたい。

「優しい大叔母様方ですね」

話題を探しながら言うと、ライファート様は珍しく苦笑する。

「この地をとても愛しておいでの方々だ。ウィンズローを守るべき私がなかなか結婚しないものだから、やきもきしていたらしい。君が来てホッとしているのだろう」

「ライファート様は、この地に来られてまだ二年程だとお聞きしました。領地のことでお忙しくて、ご結婚どころではなかったでしょう」

「いや。爵位を継いだ直後から、妻となるべき女性は探していた」

（おいおい、正直だなぁ。それでも結婚できなかったんじゃ、何があったんだろうって思うじゃないの）

「……そ、そうですか。なかなか良縁に巡り会えなかったんですね」

フォローを入れると、ライファート様はうなずく。

「そういうことになるだろうか。条件が折り合わなかった。……君もおそらく、結婚する際に譲れない条件というものが、ひとつふたつはあるだろう？　聞かせてほしい」

「え？　あ……そ、そうですね」

直球な質問が来たので、この際だから私も正直に答える。

「母のこと、ですね。私の母は父の前妻で、現在は伯爵夫人ではないのですが、それでも尊重してくださる方と結婚したいと思っています。私にとって、とても大事な母なので」

するとライファート様は、またいぶかしげな顔つきになった。

「そんなことか？　君の母君なら、君の夫にとっても大事な人になる。尊重するのは当然のことだろう」

真摯《しんし》な返事に、頬が勝手にほころんでしまった。

私の特殊能力の話をした時もそうだったけど、彼は私のあり方を当たり前のことのように言う……

「そうおっしゃっていただけると、嬉しいです」

答える私を見つめていたライファート様が、軽く身を乗り出すようにする。

「他にはないのか。君の気持ちをどんなことでも聞いてみたい」

「ええ？　もう思いつきません」

妙に積極的な彼に笑ってしまいながら、今度は私から聞いてみることにした。

「ライファート様のほうにも、結婚に条件が？」

「ひとつだけ。……私には、両親も兄もすでに亡いものの、幼い姪《めい》がいる。今、その姪《めい》の世話をこの城で引き受けているのだが、養女に迎えようと思っている。それを了承してくれる女性と結婚したい」

「あっ、もしかしてその子が、占いの時の」

「そう。ウェンディという名だ」

(姪《めい》っ子《こ》ちゃんだったのか！　つまり、亡くなったお兄様の子どもね)

「お兄様の忘れ形見ですもの、それはもちろん大事にしてくれる女性でないと」

当然の条件だと思い、私はうなずく。

きっと寂しい思いをしているだろうし、ライファート様に懐《なつ》いている様子でもあった。それを「コブつきは嫌だ」なんて認めないような女性とは結婚できない、というのはわかる。

まさか、今まで結婚できなかったのは、それで?

でも、こう言ってはなんだけれど辺境伯夫人の地位は魅力的だ。養子がいても結婚したいという人はいくらでもいるんじゃ……

そこまで考えて気がつく。

ウェンディのほうがお嫁さん候補を嫌がったってことかな。私も泣かせちゃったし、嫌がられたらどうしよう。

そんな考え事をしながら、中庭を見回す。

初夏のバラ園は、きちんと手入れされて清々《すがすが》しい。

よく見ると、城の壁沿いに水路が作られていて、中庭を半周していた。バラを育てる水はここからもたらされるのだろう。城門の近くには、小さな池もある。

「ウェンディに会いに行こう」

ライファート様に案内され、バラの迷路のような小径《こみち》を抜けると、さっき到着した時に見かけた二階建ての離れの前に出た。

離れも赤い石づくりだったけれど、城よりも新しい建物のようで、アーチのついた窓や可愛らしいバルコニーが目を引く。

「ここに、ウェンディが？」

「そうだ」

石段を上り、扉の開け放たれた玄関を入ろうとしたとたん——

いきなり、中からエプロン姿の女性が飛び出してきた。彼女はライファート様にぶつかりそうになって、あわてて足を止める。

「ライファート様」

「ドリス、どうした」

頭につばのないボンネットをつけたその女性は、なぜか身体中、白い粒状のものにまみれている。

そんな彼女は丸顔を真っ赤にして、きっぱりと言った。

「おいとまをいただきます。私にも我慢の限界があるのです！」

「何があったのだ」

「……ひどいわ！」

ドリスと呼ばれた女性は、エプロンの裾《すそ》を手にしてそこに顔を埋《うず》めた。

「料理の器《うつわ》を投げられ、わけのわからない食べ物を持ってこいと言われ、どうにか似たものを持って行けば違うと叫んでまた投げられて。さっきは塩を投げつけられました！　それに……それに――」

ドリスは自分の身体を抱きしめるようにする。

「――私をにらみながら、恐ろしい呪文みたいな言葉をつぶやかれるんです。とても幼い子に見えない……きっと私に呪いをかけているんだわ。何か乗り移っているのよ」

（――呪文みたいな言葉？）

「ゆっくり話そう。後で呼ぶから、しばらく使用人用の食堂で休んでいなさい」

ライファート様が言うと、ドリスは顔をごしごしっと拭き、無言で頭を下げて走り去った。

「……ウェンディの、乳母《うば》ですか？」

ためらいつつも聞くと、ライファート様が眉根を寄せる。

「そうだ。ウェンディは、兄が――ウェンディの父が亡くなったころから、神経質になっている。

時々、ちょっとしたことで爆発するのだ。乳母《うば》も何人も変わっているし、私の花嫁候補も次々と去っていった」

そして彼は、私を見つめた。

「君は占いで、ウェンディの悩みを見抜いてみせただろう。君なら、と思っているのだが……」

（……あ、そういうこと……！）

私はようやく悟った。

ライファート様が私を熱心に妻にしたがっているのは、この特殊能力を使ってウェンディの母親役をうまくこなせると期待しているから、だったんだ！

なるほどなるほど、スッキリした。それならご指名も納得だ。

私はにっこりと笑ってみせる。

「とにかく一度、会ってみますね」

そう、もし結婚話がなかったとしたって、ウェンディと仲良くなりたいのは本当なんだから。

ライファート様より先に、玄関に足を踏み入れる。

板張りの壁と床はよく磨《みが》かれ、天井には花と鳥が細《こま》かく描かれていて、階段の手すりには果物が彫《ほ》り込《こ》まれていた。まるでこの玄関ホールも庭園のようだ。

廊下に入ってすぐのところに、扉が開けっ放しになっている部屋がある。

私は、ひょい、と頭を出した。

「こんにちは」

そこは、小さな食堂だった。濃いグリーンの壁に金の額縁《がくぶち》に入った絵画が飾られ、暖炉《だんろ》の上には絵皿がいくつも並んでいる。

その暖炉《だんろ》の前の椅子に腰かけた人影が、ぱっ、と振り向いた。見覚えのあるレモン色のワンピース姿。小さな頭の横で、ツインテールが揺れる。

ウェンディだ。にらみつけるように、こっちを見ている。

「だれ？」

幼女らしからぬ低い声で聞かれ、私は一瞬、なんと返事をすればいいか考えた。けれどすぐに、今ここには三人しかいないんだから、隠し事をする必要などないと気がつく。

「占いのお姉さんよ」

「……？」

いぶかしげな顔になったウェンディに、私は言った。

「水が苦手だと言っていたけれど、最近はどうかしら？」

「……あっ！」

私があの時の占い師だと思い出したのか、ウェンディは目を見開く。

そしていきなり椅子の上に立ち上がると、テーブルの中央にあった壷《つぼ》に手を突っ込んだ。何かをつかみ、私に向かって振る。

「わっ!?」

白い粒が降りかかった。

（口に入っ、ペッペッ……塩⁉）

「なんできたの⁉　わたし、お母さんなんていらない！」

ウェンディは再び私をにらみつけ、そして椅子を飛び下りると私の横をすり抜けた。

「あ、ちょっと待っ――」

「ウェンディ！」

私もライファート様も呼び止めようとしたけれど、彼女は玄関ホールから二階へ続く階段を素早く駆け上がる。

階上で、バタン、と扉の閉まる音がした。

「あぁ、しまった……さっき、乳母《うば》と喧嘩《けんか》したばかりの様子でしたものね。気が昂《たかぶ》ってるところへ、さらに私なんて」

反省しつつ、私は髪についた塩を払う。ライファート様も、指先でそっと私の肩のあたりを払ってくれながら言った。

「いや、私が先に様子を確認してからにすれば良かったのだ。済まない」

「いいえ。鋭い子だわ、占いのお姉さんだと言ったのに、すぐに私が花嫁候補だと見抜くなんて」

ライファート様は少しの間だけ黙り込んだものの、やがて口を開く。

「……君も、すぐに去ってしまうのかな」

「えっ」

そんなつもりはさらさらない。まだウェンディと、日本の話をしていないのに。

それに、今破談になったらあの父と帰らなくてはならない。母もせっかく空気のいいところで療養しているのに、困る！

「あっ、あの、こういったことには、時間がかかるものです」

私はにこりと微笑《ほほえ》んでみせ、続けた。

「ライファート様、お手紙に書いてくださってましたよね、すぐにここで暮らし始めてもいいと。お言葉に甘えてもよろしいでしょうか？」

「……いてくれるのか」

塩を払っていた彼の手が止まり、そしてその手は私の指先――手を、そっと握った。

「私の城に、いてくれるのだな」

「えっ、は、はい。あの、そう、花嫁修業がてら、というか？」

私は答えながらも、ドギマギした。

(な、なんでこんな雰囲気に？)

でも、お互い利用し利用される関係でも、私はこの人と結婚するのだ。この人と夫婦になって、いずれはこの人の子どもを産む――

今さら、カッと顔が熱くなった。あわてて顔を伏せながら言う。

「ラ、ライファート様こそ、見極めてくださいね。ライファート様とウェンディと私、しばらく一緒に暮らしてみて、そして……家族になれるかどうか」

ライファート様はすぐに答える。

「ルシエット、私はすでに、君ならと思っている」

(それは能力があるからでしょー!?)

「いえあの、ほら、行ってあげてください！　ウェンディは、ライファート様ならそばにいても大丈夫なのでしょう？　私、居間に戻っていますから！」

ぱっ、と手を引くと、私は身を翻《ひるがえ》して外へ飛び出した。

(わあああ、ライファート様が優しいから、なんだか恋愛関係みたいな雰囲気に！　でも、結婚するならお互いに好きなほうがいいに決まってるよね。わ、私もそういう気持ちにならないと失礼かな？　雰囲気作りってどうやるの？　試される、なりきり力！)

正直、特殊能力がバレないか気になって男性とつきあったことなどなかったから、どうしていいかわからない。

ちなみに前世でも彼氏ができたことがなくて、享年二十八歳。死んですぐ生まれ変わったとして、えーとえーと、彼氏いない歴……五十年弱……!?　筋金入りだ。

「こんなんじゃダメだ。恋愛小説でも読もう。脳ミソを恋愛モードにしなくては」

私はぶつぶつつぶやきながら、バラの咲き乱れる中庭を突っ切ったのだった。


夜、大食堂での会食が始まった。

優美なカーブを描く天井からはシンプルなシャンデリアが下がり、真っ白なテーブルクロスの上の銀食器をきらめかせている。窓には長いカーテンの上に短いカーテンがかかり、複雑な襞《ひだ》が寄せられて食堂を華やかにしていた。

ライファート様は、父や大叔母様たちの前で、私がこのまま城に滞在することになったと告げる。

父はもちろんご機嫌だ。

「それは良かった！　私は領地に戻りますが、どうぞ娘をよろしくお願いします。ルシエット、失礼のないようにな」

「はい、お父様」

私は殊勝《しゅしょう》に目を伏せる。ちらりと隣の席を見ると、ライファート様は私を見つめて微笑《ほほえ》んでいた。

片方の大叔母様が、にこにことお父様に話しかける。

「ライファートが女性にこんなに笑顔を見せるなんて、珍しいことなんですよ」

もうひとりの大叔母様も、反対側から話しかける。

「もう、婚約ということでいいのではないかしら？」

「ええ、私のほうはもちろん。リンドン卿が娘をお気に召していただけたなら、すぐにでも」

お父様がライファート様を見ると、彼は答えた。

「私としても、婚約という形にしていただけると嬉しい。せっかく間に合ったのだから」

(間に合った……？)

そういえば、馬車でお迎えに来てくださった時も彼はそんなことを言っていた。顔を見ると、ライファート様は私をじっと見つめ返す。

「君が誰かと結婚する前に、私は君に求婚できた。今後、他の男が君を望める道などないようにしておきたい」

大叔母様たちが、キャーッと少女のような喜びの声を上げた。私はただ、赤面するしかない。

（いやいやいやいやいや。他の男って、そんな男の人、いるわけないじゃん！　最近まで私、グレンフェル家にいなかったんだから、そもそも知られてないし）

子どものころのこととはいえ、自分のことを『アタマ空っぽ』みたいに言った私に、ライファート様がいい印象など持っているはずがない。

それなのに、私を立ててくれる。私の能力が必要だからとはいえ、もったいないほどの方だ。

私たちを観察していたお父様が意気揚々《いきようよう》と、グラスを手にする。

「これは、乾杯せねばなりますまい！　君、ルシエットにも果実酒を」

給仕をしている従僕に話しかける父を私はやんわりと止めた。

「あ、いえ、私はこれで」

ジュースの入ったグラスを軽く持ち上げてみせる。お酒が苦手なことは、食事の始めに従僕に伝えてあった。

けれど、すっかりご機嫌な父は聞く耳を持たない。

「お前の祝いだろう、飲みなさい。さあ」

「お父様、ご存じでしょう、私はお酒はちょっと」

一緒に暮らしていなかったので、お父様は私がお酒を飲まないことを「ご存じ」ではない。でも、それをウィンズローの人々に知られたくないため、こう言うしかなかった。

従僕がどうすればいいのか困っている。

私は急いで、皆を見回しながら言った。

「ごめんなさい、身体に合わないみたいで、お酒は飲めないんです」

「いやいや、しかし慣れていかなくてはな、リンドン卿の奥方になるのだから。では君、一番軽いものにしてくれ」

お父様はまだ従僕に言っている。

私は心の中で怒鳴った。

(し・つ・こ・い・!!)

微《かす》かな吐き気を感じて、唇を噛む。

ウェンディが前世、水の事故で命を落とした影響で、今も水が苦手なように――私の場合は、お酒が受けつけない。

前世の私は、シティホテルの客室係の仕事をしていた。

憧れていたホテル業界で働けることは幸せだったけれど、その職場で定期的に飲み会があることには困っていた。参加はほぼ強制で、お酒の飲めない私は少し苦労していたのだ。

あの飲み会の時も、パワハラ上司に強引にお酒を勧められた。

愛想笑いしつつかわしていたものの、いつの間にかジュースにお酒が混ぜられ……変だと思った時には立てなくなっていて、逃げられないところへさらに飲まされ――

日本での私の記憶はそこでとぎれているので、前世の死因は急性アルコール中毒で間違いないだろう。

現世では苦手どころじゃない。

この能力で、はっきりと覚えている。あの時の恐怖と苦しみが、そのままよみがえってくる。

あの場で上司をブン殴って、仕事を辞めていれば、命は助かったのに。

悔しさが心を塗りつぶし、笑顔が作れなくなる――

「ルシエット」

手に、さらりとしたものが触れた。

はっ、と顔を上げると、ライファート様が私の手に触れている。

「君とは本当に気が合う。実は私も、酒はほとんど飲まないのだ」

「あ……」

すーっ、と、苦しさが遠のいた。

溺《おぼ》れていた人がようやく水面に顔を出したかのような気分で、深く呼吸をしていると、父の声が聞こえる。

「リンドン卿もですか。では、今あるグラスで乾杯としましょう！」

さすがの父も、ライファート様も苦手だと言っているものを強引に勧めるわけにはいかなかったらしい。

助かった……

こちらを見つめているライファート様にジュースのグラスを持ち上げて、私は微笑《ほほえ》んでみせた。

ライファート様も、あの微笑《ほほえ》みを見せて言う。

「顔色が戻ったな」

……理屈っぽくて淡々としているかと思えば、こんなふうに細《こま》やかなところもある。不思議な方だ。

人の心の機微《きび》に敏感だという感じではない。観察力や分析力があるのだろう。

私がお酒にトラウマがあることなど知らないはずなのに、うまく気遣ってくれるなんて、すごい。

(私を、ずっと見ているから……?)

一瞬頭に浮かんだ考えを、打ち消す。それは期待しすぎというものだ。

その後は、ライファート様がウィンズローの歴史について滔々《とうとう》と語り、それに大叔母様たちがおかしな合いの手を入れてまぜっかえし、和《なご》やかに進んだ。

やがて、従僕がデザートを運んでくる。ムースケーキだ。

一番下にきめの細《こま》かなスポンジ、その上の落ち着いたピンク色はベリーのムースに違いない。真っ白なクリームと、つやつやと光る赤いソースが、たっぷりかかっている。

(ほあぁ……)

私はこっそり、感嘆のため息をついた。

前世ではともかく、こんな豪華なケーキ、下町ではとても買えなかったし作れなかった。美味《おい》しそうなのはもちろん、見た目が美しすぎる。

(すぐに食べるのがもったいないくらいだわ。ああ、お母さんにも食べさせてあげたい)

目に焼きつけようと、私がケーキをうっとり鑑賞していると、突然、横からスプーンが出てきた。

ケーキをたっぷりすくったスプーンを差し出しているのは、ライファート様だ。

(んん？)

どうすればいいのかわからず、スプーンを見つめて寄り目になっていると、ライファート様が言った。

「食べなさい」

(な、なんで？「あーん」？)

いや、まさかね。私たち、恋人同士じゃないし。親族の前でイチャイチャアピールする必要なんて、欠片《かけら》もない。

じゃあ、なんだ？

そこで私はひとつの可能性に気がついた。

もしかして、ウィンズロー特有の儀式的なものかもしれない。

日本でも、結婚披露宴の時に『ファーストバイト』といって、新郎新婦がケーキを食べさせ合うセレモニーのようなものがある。もしそういうものだったら、うっかり断ると大変なことになるだろう。

戸惑《とまど》いながらも、私はおとなしく口を開けた。

ふんわりと柔らかく甘いケーキが、冷たいスプーンの上に載って滑るように入ってくる。

私は唇で挟むようにして、それを受け入れた。

「美味《うま》いか」

スプーンを引っ込めて、ライファート様が優しくささやいた。私は味わいながら、うなずく。

ちらりと見ると、大叔母様たちが動きを止め、目を丸くしてこちらを見ていた。

大叔母様その一が、うかがうように言う。

「ライファート……どうしたの、突然」

(えっ⁉　何、やっぱり変だったの今の⁉)

あわててライファート様を見ると、彼はごく普通に答えた。

「婚約した印《しるし》に何か、と思ったので。求愛といえば、給餌《きゅうじ》だろう」

その場の全員が、ポカーンとなった。

(……給餌《きゅうじ》？　あの、鳥とかで、雄が雌に求愛行動として食べさせる、あれ？)

大叔母様その二が、キッ、とライファート様をにらむ。

「なんて失礼なことを。動物ではないのですよ！　ルシエット、グレンフェル卿、どうぞお許しください。ライファートは学問にばかり没頭してきたので、常識外れなところがあって……」

「いやいや、面白い！　わっはっは！」

酔っぱらっているせいか、何か変なツボに入ったらしいお父様は、笑い出した。

ライファート様はいぶかしげに、私を見つめる。

「人間も動物であるし、求愛の方法はそれぞれでは……」

ど、どうすりゃいいんだ、この状況。親戚にも常識外れだと思われているのか、ライファート様。

やっぱり、婚約したばかりのこの人の味方にならないと、だよね。でも、人前でさっきみたいなのが恥ずかしいのは確かで。ふたりの時なら別にいいんだけど。

私はナフキンで口元を軽く押さえると、にっこりと微笑《ほほえ》んだ。

「び、びっくりしましたけど、私は嫌ではありません……。お気持ちは、嬉しいです。あの……ふたりだけの時にになら、何をされてもいいです」

一瞬、場が静かになった。

ライファート様はどこか嬉しそうに、さっき私がケーキに見とれていた時と同じ表情でこちらを見つめ、大叔母様たちは頬を染めて顔を見合わせる。ただひとり、お父様だけは場の空気が読めていないらしく、杯をあおっていた。

(……私、何か変なこと言った⁉)

——やがて会食はお開きになり、私たちはそれぞれの部屋に引き取ることになった。

お父様はひとりでワハワハ笑いながらスタスタと客室に去ってしまい、その後を大叔母様たちがクスクス笑いながらついていく。

ちょっと恥ずかしい。

「あの、ライファート様」

食堂を出たところで話しかけると、彼は私をまっすぐ見つめた。

「何かな、婚約者殿」

（あ、呼び方が変わった……）

そう思いながら、私はお礼を言う。

「さっきは、ありがとうございました。それから申し訳ありません。父がかなり酔ってしまって」

「ああ……いや。リカード殿は、酔うといつもあんなふうなのか」

（知るかーい！　知りたくもないわ！）

心ではそう叫びつつ、私は困ったような笑顔を作る。

「いえ、そんなことは……。今日は私の婚約のことで、ずいぶんご機嫌のようですから、お酒をすごしてしまったんだと思います」

「君は、どうだろうか」

「え？」

「私と婚約して、君のご機嫌はいかがかな」

（ええええ、そんなこと、言わなきゃダメ？）

なぜかドギマギしてしまったけれど、機嫌が良くても悪くても、返事は決まっている。結婚するのだから。

「私も、嬉しいです」

微笑《ほほえ》んでみせる。

すると、ライファート様も微笑《ほほえ》み、私の手を取った。そのままふたり並んで、階段を上がる。

昼間は腕を組んだけれど、今度は手を握られていた。

婚約した男女なら当たり前のことなんだろうけど、いちいちドキドキしてしまう……

すぐに私たちは、二階に着いた。おやすみの挨拶をしようと、私はライファート様に向き直る。

そのとたん、握られた手が持ち上げられ――

指先に、キスされた。

唇を私の指に触れさせたまま、ライファート様は私を見つめる。

「給餌《きゅうじ》は求愛に相応《ふさわ》しくないようだったから、今夜のところはこれで。……おやすみ」

指先が、くすぐられているみたい。

「お、おやすみなさい」

私はそっと手を引っ込めると、回れ右をして廊下を歩きだす。

角を曲がり、ライファート様の視界から外れた瞬間――

私は客室までダッシュした。バッ、と扉を開いて中に飛び込み、後ろ手に閉める。

「ど、どうなさったんですか⁉」

「どひゃあ！」

誰もいないと思っていた部屋から上がった声に、思わず変な悲鳴を上げてしまった。化粧台の前で、ふたりの使用人女性が目を丸くしている。

そうだった、メイドが待ってくれているのを忘れてた！

貴族の令嬢は、寝支度もメイドに手伝ってもらうのだ。特に今夜は引き継ぎのため、グレンフェル家からついてきてくれたメイドと、このリンドン家のメイドのふたりが部屋にいる。

「ご、ごめんなさい、ドキドキしてたまらなくなって、ちょっと走ってしまったわ」

あわてて上品に言いつくろおうとしたのに、ポロリと素直な説明が出てしまった。内心自分で「正直か！」と突っ込む。

「ドキドキなさるようなことがあったんですか？」

片方のメイドに笑顔で聞かれ、まさか指先にキスされただけでダッシュするほど動揺してしまったとは言えず、私はごまかす。

「ええと……そう、婚約が決まったから？」

「まあ、おめでとうございます」

グレンフェルのメイドはにっこり。一方、リンドンのメイドは――

「本当ですか!?　ああ、ようございました！　本当に！」

――ちょっと引くくらい、ものすごく喜んでくれた。

こんなに喜んでもらえると、私が占い師をやっていたことは、ライファート様とウェンディ以外には隠しとおさなければと、あらためて思う。

自分の主人になるのが怪しげな女だと、ガッカリされたくないもの。

寝間着に着替え、化粧台の前に座る。リンドン家のメイドであるディジーが、結い上げていた私の髪を解《ほど》いて梳《す》いてくれた。

その、櫛《くし》を持ったディジーの手が、私に触れている。化粧台の鏡には、黒髪の彼女の姿にかぶって、彼女の前世が映っていた。

飾りけのない黒のワンピースに、白い頭巾《ずきん》をつけた老女……下町の教会でもたまに見かけた、修道女だ。私の前世でも、修道女といえばこの格好だったけど、老女はギルゼロッグの顔の刻まれたメダルを首にかけているので、こちらの世界の人だとわかる。

私はウェンディのことを思い出し、ディジーに聞いてみた。

「ウェンディは今、どうしてるのか知ってる？ 昼間、ちょっとご機嫌斜めだったみたいなの。乳《う》母《ば》も困ってたみたいで」

「あの……」

ディジーが、ためらいがちに答える。

「ルシエット様は、乳《う》母《ば》が変わったことは……？」

「ええ、聞いてるわ。何人か変わってるって」

「は、はい。今の乳《う》母《ば》も……辞めることになるみたい、です。今夜は、手の空いたメイドが離れへ行っていると思います」

（そうなんだ……）

「今までの花嫁候補の方々ったら、辺境伯様の妻になりたいってそればっかりで、ウェンディ様とは向き合ってくださらなくて。あんなんじゃ、ウェンディ様じゃなくたって不機嫌になるに決まってます。乳《う》母《ば》が困るのも当たり前だわ」

ディジーは憤慨《ふんがい》して口走る。けれどすぐに気がついて一度黙り、小声で「……申し訳ありません」と言った。

私は軽く首を横に振って、気にしていないことを伝える。

「それで、明日から、ウェンディのお世話は誰がするの？」

「家政婦長がすることになると思います。次の乳母《うば》が決まるまで」

家政婦長っていうと、女性使用人を統括する人だよね。忙しそうだ。

私が考え事をしていると、ディジーはおずおずと続けた。

「あの、ウェンディ様は、たまに爆発してしまうだけなんです。いつもは素直で可愛らしいお嬢様でいらっしゃるんですよ。ウェンディ様のお母様もそうおっしゃってました」

（……ん？）

「えっと、ウェンディのお母様は、ご健在なの？」

聞き返すと、ディジーは「あっ」と息を呑んだ。私はここぞとばかりにたたみかける。

「どうして、叔父のライファート様がウェンディを引き取ることになったのかしら？」

「あっ、あの、それは……お母様の体調が、あの、優れないようで」

ディジーはしどろもどろになった。

『わたし、お母さんなんていらない！』

そう叫んだウェンディの声が、脳裏によみがえる。

何かわけがありそうだと思ったけど、私はとりあえず話を進めた。

「そう。……ディジー、お願いがあるんだけど」

立ち上がった私は、自分のトランクから一着の服を出す。

それは、シンプルなブルーグレイの襟《えり》付きワンピースで、長袖、足首丈のデザインのものだ。メイド仕事をしていた時は、これにエプロンをつけていた。

貴族のお屋敷で働くのに恥ずかしくない程度にはちゃんとしているけれど、だいぶ長いこと着ているため、くたびれた感があるし、古めかしくて伯爵令嬢の服には見えない。

「明日、朝食の後で、この服を着ます」

「えっ？」

目を丸くするディジーに、私は笑ってみせる。

「家政婦長にも話そうと思ってるんだけど……ちょっと私に、ウェンディのお世話をさせてもらえないかと思って。それなら、綺麗なドレスを着てるわけにはいかないでしょ？」

「か、かしこまりました」

ディジーは戸惑《とまど》ってはいるようだったけれど、すぐに笑顔になった。どうやら私の提案はそれほどマズくはないらしい。

そしてメイドたちが退出した後、私はさっきのトランクから今度は水晶玉を取り出した。ベッドの上にそれを置くと、ランプの灯りで柔らかく光る。

私は膝をつき、両手を組んで目を閉じた。

「全能神様、神獣様。どうか、ウェンディとうまく行きますように」

第三章　その求愛行動、人間のオスとしてどうかと思います

翌朝の朝食の席で、私はライファート様に申し出てみた。

「今日、ひとりで離れに行ってみてもいいでしょうか？　私と、ウェンディだけにしてください」

「私も、行ってはいけないのか」

朝陽の射し込む小食堂のテーブルの向こうから、じっとこちらを見つめるライファート様に、私はきっぱりと言う。

「任せていただきたいんです」

「……わかった」

ライファート様は真面目な顔でうなずいた。でも、すぐに微笑《ほほえ》む。

「後で、私との時間も作ってくれるだろうか」

「へっ？」

ライファート様との時間って、どんな時間？

（いやいや、どんな時間も何も、婚約者同士が互いを知るために語らう時間でしょうが！　ひょっとしたら、なんかイイ感じになっちゃうような、そういう時間に決まってるじゃない！）

私は自分の恋愛経験値の低さにあきれた。

恋愛小説を読んで勉強しなきゃと考えていたことを思い出す。

図書室にも行こう。今日中に。

そんな支離滅裂《しりめつれつ》なことを考えつつ、私は声を半音上げて「は、はい、喜んで」と微笑《ほほえ》んだ。

（男性に、私はあなたに気があるの、ってことをアピールするのって難しいな！　ライファート様はよく、給餌《きゅうじ》とか指にキスとかできるなぁ）

……こんなとこで感心してるあたり、ほんと私、恋愛に向いてない。


朝食の後、お父様とグレンフェル家の使用人たちはアルスゴーに、そして大叔母様たちはご自分のお屋敷に帰っていった。

いよいよ、ウィンズロー城に暮らすリンドン家一族はライファート様とウェンディ、あとリンドン家に入る予定の私だけになる。

見送ってからいったん自室に戻ると、ディジーが着替えの手伝いのために待っていてくれた。私はメイド服に着替える。

「なんだか、ルシエット様を無理やり働かせようとしているみたいで、気が引けます。王女様を虐《しいた》げる、物語の悪役になったみたい」

ディジーが私の髪を動きやすいように結い直しながらそう言うので、思わずちょっと笑ってしまった。

「ごめんなさい、気を使わせて。大丈夫よ、慣れ――」

おっと危ない。慣れてない、令嬢は働くことに慣れてない。

何も気づいた様子のないディジーは、続ける。

「ルシエット様、ここは客室ですから、ただいまちゃんとしたお部屋をご用意しています。離れに行かれている間に、お荷物を移動させていただいてもよろしいですか？」

「ええ、お願いするわ」

おっと危ない、その二。見られると怪しいものだけは、自分で持っていよう。

着替え終わった私は、トランクから布バッグを取り出して身につけた。

グレンフェル家は、私が令嬢としての体裁《ていさい》を保てるよう色々と買い揃えてくれた。このバッグもそのひとつだ。

巾着袋《きんちゃくぶくろ》なんだけど、金の糸で縁取《ふちど》りがしてあって、紐《ひも》にちょっと豪華なタッセルがついている。

貴族の女性が持ち歩いていてもおかしくない。

「それじゃあ、行ってきます」

私はディジーに声をかけて、部屋を出た。

離れの玄関を入ると、小さなホールで家政婦長さんが待っている。

ディジーから話を聞いているのか、彼女が私の格好をとがめることはなかった。

「まぁ、本当にいらっしゃった。これでは私、王女様に大変な労働を押しつける悪役みたいですわね」

彼女はディジーと同じことを明るい笑顔で言う。

「ウェンディ様のことを気にかけていただいているそうで、嬉しゅうございます！　さすがは、ライファート様が選んだお方！」

（なぜか、ここの人々って、大歓迎してくれてるよね。私のこと、全然知らないだろうに……。本当は怪しい占い師だったなんて知ったら、こうはいかないだろうなぁ）

とりあえず、私は上品に尋ねる。

「今日は、ウェンディのご機嫌はいかがかしら？」

「はい、ライファート様ともお話しなさって、落ち着いておいでです。ルシエット様は、何時ごろまでこちらにいらっしゃいますか？」

「そうね、お昼前までは」

「かしこまりました。何かありましたら、ベルでお知らせください」

家政婦長さんはうなずくと、使用人を呼び出すベルの紐《ひも》の場所を教えてくれる。

「どうか、ウェンディ様をよろしくお願いいたします」

そして頭を下げ、立ち去っていった。


二階の手前の部屋が、普段ウェンディが過ごす部屋のようだった。扉は開いている。

「こんにちは」

私は声をかけて、中に入った。

壁に落ち着いた草花の柄《がら》がちりばめられた、明るい内装の部屋だ。

ウェンディは出窓の枠にもたれ、窓の外を見ていた。水色に白のレース飾りのあるワンピース姿は、ちょっと不思議の国のアリスみたい。

ウェンディは私を見ると、後ろ向きになって足からストンと下りた。

そして、私に向き直り、しぶしぶといった様子で頭を下げる。

「こんにちは。ウェンディです。きのう、ごめんなさい」

落ち着いている時は本当に落ち着いているんだなと思いながら、私も挨拶を返した。

「いいえ、私も昨日は急にごめんなさい。ルシエット・グレンフェルよ。ルシエットと呼んで」

「ルシエット……きれいな玉のひと？」

「ああ、水晶玉ね。持ってきてるわ」

私は布バッグを開いて水晶玉を取り出し、ウェンディに見せた。バッグは、これを入れるために買ってもらったものだったのだ。

面白がるかな、と思ったけれど、ウェンディは警戒するかのような上目遣いで見つめるばかりで、近寄ってこない。

「……何がみえるの？」

「あなたが生まれる前のこと。もう一回、視《み》てみましょうか？」

「いい」

(うぬぬ、残念。詳しく視《み》たかった)

私は確かめたいことがあるのだ。だからこそ、ふたりきりにしてもらったわけで……

どうしようか考えながら、話しかける。

「前は、どうして占いに来てくれたの？　ライファート様が、一緒に行こうっておっしゃったのかしら」

ウェンディは私から視線をそらし、返事をしない。

別の話をしたほうがいいのかなと考えながら、私は部屋を見回した。

大きな丸テーブルに黒板のような板が置かれていて、チョークで絵が描いてある。ウェンディは絵を描くのが好きなのかもしれない。

なんの変哲もない、花や動物の絵を眺めていた私は、はっ、と息を呑んだ。

絵の隅っこに文字が書かれている。

『図工』

それは、この国の人々が使う文字ではなかった。

漢字だ。

「……ウェンディ、これ、あなたが、書いたの？」

つっかえつっかえ聞くと、ウェンディは不審そうな目を私に向けて、小さくうなずく。

急に目頭が熱くなって、私はあわててウェンディから顔を背《そむ》けた。

(前世が日本人なだけじゃない。覚えてるんだ、この子。私と同じだ！)

小学生の時に水の事故に遭《あ》うなんて、とても怖かっただろう。その時の記憶が生々しいまま別の世界に生まれ変わり、すぐにお父さんを亡くしてお母さんとも離れて……。私なんかより、よほど辛い。

図工、って、小学校の教科だよね。学校が懐かしいのかな。ウェンディは図工の授業のつもりで、この絵を描いたの？

「……ルシエット、どうしてなくの」

ウェンディは不審そうな表情のまま、首を傾《かし》げる。

(やばい、涙が止まらない)

私はハンカチを取り出した。

「ご、ごめんなさい、だって……ウェンディ、まだ小さいのに大変すぎる……」

ボロボロこぼれる涙を、ハンカチを押し当てて止めようとする。

すると、ぼそっ、とウェンディがささやくのが聞こえた。

『なんでもわかってるようなこと言って、むかつく』

(日本語！)

私はハンカチを目に押し当てたまま、とっさに涙声で答えた。もちろん、日本語だ。

『しょうがないじゃない！　視《み》えちゃうし、わかっちゃうんだから！』

……部屋に、沈黙が落ちた。

私は、そっとハンカチを目元から離す。

ウェンディは、目も口もまん丸にして、私を見上げていた。

『……なんで……!?』

ひっくり返った声で、日本語を叫ぶ。

私は鼻水を拭いて笑顔を作ってみせた。

『私も同じなのよ、ウェンディ』


私たちはそれから、日本語で話をした。

ウェンディが水の事故で死んだのは、十一歳――小学校の六年生の時だったそうだ。

『だから、時々すごく嫌になるの。子ども扱いされるのが』

現在五歳のウェンディが、多少舌っ足らずながらも日本語をスラスラ話す姿は、なんだか不思議だ。

向かい合って座りつつ、私は聞いた。

『じゃあ、かなりはっきりと覚えてるのね。日本のこと』

『うん。考えないようにしても、しょっちゅう思い出しちゃう』

六年生――精神的に成熟しないまま死んで、それを覚えている状態で生まれ変わると、どうしても前世の記憶に振り回されてしまうのだろう。

『もしかしてウェンディ、あの人に……えーと、なんて言うんだっけ、ウェンディのお世話をしていた人って』

言葉が出てこなくて混乱した私は、ノーザンシアの言葉に切り替えた。

「ごめんなさい、日本語は全然使ってないから、単語を忘れちゃった。元に戻していい？　乳母《うば》って言いたかったの」

「ルシエットは今、にじゅっさいなの？　しんじゃったときは？」

「二十八歳」

「じゃあ、よんじゅうはっさいみたいなもんか。おばさんだね、いろいろ忘れるよね」

（うふふ。こいつめー）

「そんなことはありません、このアタマはピチピチの二十歳です。年齢は単純に足すようなものじゃないもんね。ウェンディだって、今の自分が十六歳だと感じる？　高校生だよ？」

「…………」

ウェンディは面白くなさそうな顔をした。

「いや、まあそれはそれとして、乳母《うば》のこと」

私は話を元に戻す。

「もしかして、乳母《うば》に日本語で何か言った？」

「ゆった。だめだってわかってるけど、むかつくと文句ゆっちゃう。どうせ何ゆってるかなんて、わからないし」

つん、とウェンディはそっぽを向く。

ああ、やっぱり。

ウェンディは、普段はおとなしくしているのだ。でも、そうやって我慢している分、不満が溜まると前世の自分に影響された大人びた言動が出てしまうのだろう。

乳母《うば》はそれで、幼い子に見えない、呪いの言葉を使う、って気味悪がったんだ。

彼女の話を聞いた時に、もしかしてと思ったんだよね。

ウェンディが塩を投げつけたのは、「お清め」のつもりなのかもしれない。かなり痛烈な攻撃だ。

乳母《うば》には意味がわからなかっただろうことが救いだった。

「ウェンディ、日本語を話す相手は私だけにしておいて。私もね、子どものころ、よけいなことを言ってお父様に気味悪がられてしまったの。まあライファート様は大丈夫みたいだけれど……」

心配になって言うと、ウェンディは私をにらんだ。

「おじさんと、なかよくなったの？」

「あはは、まだ、まだ。だって占いの時に会って、昨日会った、たったそれだけよ？」

子どものころにも一度会っているけれど、仲良くなったかという話にはさすがに関係ないと思う。だから数えなくていいよね。

ウェンディは私をにらんだまま、続けた。

「でも、けっこんするんでしょ」

(……やっぱり、ライファート様を私に取られちゃうような気がするのかな)

ライファート様のことだから、きっとウェンディの態度をちっとも気味悪がらず、彼女をありのまま受け止めているに違いない。彼はウェンディにとって、大事な人だろう。

それを理解しつつも、嘘はつけないので正直に答える。

「予定では、結婚することになってる。知ってるでしょう、ライファート様はずっと結婚する相手を探してたの」

「どうしてあいてがルシエットなの？」

「それは……」

私は一瞬、口ごもってしまった。

ウェンディの母親役を期待されて……なんて、言える雰囲気じゃない。それではまるで、いきなり「私をお母さんと思いなさい」って押しつけるみたいだ。

そんなこととは関係なく、私自身に、ウェンディと仲良くなりたいという気持ちがある。それを彼女に伝えたい。

「ライファート様がどうして私を選んだのかは、ライファート様に聞いてみて。でも、私はこの結婚話をお受けする気マンマンなの。だって、ウェンディがいるんだから」

「は？　わたし？」

ウェンディは目を丸くした。私は大きくうなずく。

「そう。生まれ変わってから私、ずっと探してたの。前世の話ができる、日本の話ができる人を！だから、ウェンディが私のところに占いに来た時、うわああ！　ってなって本当に本当に嬉しかった」

絶対にウェンディと仲良くなりたい私は、身を乗り出す。

「ウェンディも、日本の話、したくない？」

「……それは……まあ……」

大人っぽく揺れる視線に反して、子どもらしくとんがる唇。

もう一押しだ。

（そうだ、乳母《うば》が料理の話、してた！）

「私、前世では結構料理が得意だったんだよね。こっちで作れるものもあるんだけどなー。茶碗蒸しでしょ、グラタンでしょ、ハンバーグでしょ……あ、プリン好き？」

「すき！　……あ」

思わず、というふうに口を開いたウェンディは、あわてて小さな両手で口を押さえた。そんな仕草は本当に可愛らしい。

私は笑顔で提案した。

「お近づきの印《しるし》に、今度ウェンディの好きなものを作るね。結婚の話は置いておいて、まずはとにかく、友達になりたい。ダメ？」

「…………」

ウェンディは、そっぽを向いたり私をチラチラ見たりしながらしばらく考えていたけれど、やがてぼそっと言った。

「……かんがえとく」

その後、半《なか》ば強引に、私はウェンディに離れの中を案内してもらった。

二階にはウェンディの子ども部屋と寝室、そして客間がふたつほどあった。

一階に下りると小食堂で、隣が控えの間、さらに厨房《ちゅうぼう》に繋がる。ホールの階段の奥には洗濯場などがあり、使用人区域になっていた。

洗濯場には、小さな浴槽《よくそう》が置いてある。これを二階に運び上げて、子ども部屋で入浴するのだろう。

ウェンディはお風呂が嫌いだと言っていたけれど、清潔だ。お風呂に入っていないわけではないらしい。

そうこうしているうちに、時間はあっという間に過ぎた。

「ねえ、いつまでここにいるつもり？」

とうとうウェンディにそう言われ、私は我に返った。太陽はすっかり中天《ちゅうてん》高く昇っている。

「いけない、ウェンディもお昼ご飯よね。家政婦長、待ってるかしら。あ、そうだ」

私はウェンディに向かって、両手を合わせた。

「あのね、私が占い師をしていたこと、秘密にしておいてくれないかな？　ここの人たちに気味悪がられたくないの。私とウェンディとライファート様、三人だけの秘密ってことで、ひとつよろしくお願いします」

「……べつに、いいけど」

「ありがとう！　じゃあ、またね」

軽く手を上げる。ウェンディは表情を決めかねているのか、また唇をとがらせてから、ひとりで子ども部屋に戻っていった。

それを見送った後、私は外に出る。

（良かった、とりあえずは悪い印象を持たれなかったみたい）

ホッとしながら扉を閉め、中庭のほうに振り向く。

するとそこに、ライファート様が立っていた。

「婚約者殿」

「あ」

思わず固まった私に、彼はゆっくりと近づいてきた。そして玄関の石段の下で立ち止まる。

「来るなとは言われていたが、昼食の時間なのでな」

「ご、ごめんなさい、待っていてくださったんですか？」

「いや。今、来たところだ」

（うーわ、待ち合わせの定番の台詞《せりふ》。甘酸っぱい）

ライファート様が、こちらに片手を差しのべた。私はぎくしゃくと玄関の石段を下り、その手に自分の手を預ける。

そのとたん、ワンピースの袖が目に入って、少しあわててしまった。

なぜなら、ライファート様は上着は着ていないもののきっちりしたベストを身に着けているのに対し、私は着古したワンピースだからだ。

さすがに恥ずかしい。ちょっと張り切りすぎたか。

「お見苦しい格好を……。あの、着替えてまいります」

手を引っ込めようとした私の腕を撫でるように滑らせ、彼は自分の肘《ひじ》に手をかけさせた。

「その格好で、ウェンディの世話をしてくれたのだろう。恥ずかしがることはない」

今日はおしゃべりしただけで何もしていないし、この服だと下町育ちがバレそうでハラハラする！

私は、ドレスで武装しなくちゃという気分になる。

「こ、こんな格好ではご一緒できません！　お食事の時は、きちんとしたいので！」

「そうか。では、ディジーを呼んで部屋に案内させよう」

ウィンズロー城の中には、王子宮という棟がある。かつてこの国の王子様が住んでいたために、そう呼ぶそうだ。その三階が、私の新しい部屋だった。

ここはまるで、お姫様の部屋だ。

壁はベージュ地に白の花柄、濃い緑の革張りのソファ、淡い緑にクリーム色の鳥が描かれたカーテン、つやつやした木製の家具。

「今日は、こちらをお召しになりませんか？」

ディジーが、隣の衣裳部屋からドレスを出してきた。

淡い水色のシュミーズドレスは、襞《ひだ》の寄った部分に向けて色が濃くなるグラデーションになっていて美しい。その上に着るローブは群青色《ぐんじょういろ》で、ゆったりした袖に落ち着いた金の刺繍《ししゅう》が入っている。王都で流行《はや》っているものよりレトロなデザインのそのドレスは、丈が私の身長にピッタリ合っていた。

それに、これは新しいものだ。

私を迎えるための準備は、完璧だった。

『すぐにでも一緒になりたいという勢いじゃないか。いったいどうしたことだ』

そんなお父様の言葉を思い出す。

(ライファート様は一刻も早く、ウェンディを落ち着かせてあげられる女性に来てほしかったんだなぁ……)

私は少し切ない気持ちになった。


王子宮の小食堂に行くと、昼食の準備がされていた。

待っていたライファート様に、私はドレスのお礼を言う。彼は私の姿を眺め、満足そうにうなずいた。

食事を始めながら、私は報告する。

「ウェンディと話をすることができました」

「昨日の無礼を、ウェンディはきちんと詫《わ》びただろうか」

「あ、はい、ちゃんと謝ってくれました。いい子ですね」

ライファート様と話をしつつ、食事を楽しむ。

サラダには卵や薫製肉《くんせいにく》も入っていてボリュームたっぷり、さらに温かなクリームスープとパンが運ばれてきた。どうやら、この食堂の近くにも簡単な厨房《ちゅうぼう》があるようだ。

ふと見ると、ライファート様が私を見つめている。

「ルシエットは、ここの食事が口に合っているようだな。とても美味《おい》しそうに食べる」

言われてしまった。

(だって下町にいたころの食事とは大違いだもん。美味《おい》しくて美味《おい》しくて！　でも、ガッつかないようにしないとね。それにしてもお母さんもちゃんと食べてるかな)

「食べることも、作ることも好きです。実は私、少しですけど、料理ができるんですよ」

ウェンディに料理を作ると約束したため、今のうちに布石《ふせき》を打っておこうと、私は打ち明ける。

するとライファート様は、「料理を？」と軽く目を見開いた。

「はい。ええと、母がちょっと、体調を崩したことがあって。栄養のあるものを食べさせたくて、勉強したんです」

この理由は嘘ではない。

もし私がこちらに来るにあたって作られた設定どおり、ずっと伯爵家で育っていたら、料理なんてする機会はないはずだ。貴族はお湯の沸かし方さえ知らないと聞く。

でも、父と母が離縁していることはライファート様もご存じだ。ひとりになった母のところに通って母のために何かしたい……という流れなら、伯爵令嬢が料理を勉強しても「ちょっと変わっている」くらいで済むと思う。

予想にたがわず、ライファート様はうなずいた。

「ルシエットは母親思いなのだな。母上に、こちらへおいでになる気はないのか？」

「えっ」

「もうリカード殿は領地に戻られたのだし、ルシエットの母上にはいつでもウィンズローを訪ねてほしい。いや、こちらから伺うのが筋かな……とにかく、一度お会いしたいと、そうお伝えしてくれ」

ライファート様はそう言ってから、話を戻した。

「料理を覚えるのは大変だっただろう。……いつか、私も君の料理を食べてみたい」

「私などの料理でよければ。ウェンディと三人でお食事できたら、素敵ですね」

私はライファート様に笑いかけた。

（よーし、いい感じ、いい感じ。ウェンディ、プリンはすぐそこだ、待ってて！）

ご機嫌でスープを口に運ぶ。

ふと気づくと、ライファート様がまた私を見つめていた。

（あれ？　……しまった）

これは婚約者の男性に「君の手料理が食べたい」って言われた場面だ！

（昨日、求愛給餌《きゅうじ》の話をしたばっかりじゃない！　私がライファート様に料理を作ってさしあげるということは、つまり私からも求愛給餌《きゅうじ》っぽいことをすることになるの……？）

焦っているのか照れているのか、自分でもよくわからないけど、頬が熱くなった。

話題を変えたほうが良さそうだ。

（そうだ。この際だから、気になってることを聞いてしまえ）

「あの……ウェンディのお母様は、どうなさっているんですか？　ご健在なんですよね？」

「そうだな。健在といえば健在だ」

ライファート様は淡々と答えてくれる。

「しかし、夫を失った上にウェンディがあの調子だから、昨日の乳母《うば》ほどではないが、複雑な気持ちを抱き、ウェンディを恐れるようになってしまった。それで私がウェンディを引き取り、彼女には実家で心を癒《いや》してもらっている」

「ああ……」

お母さんまで、そんな感じなのか……。

ライファート様は食事を終え、テーブルに両肘をついて手を組んだ。

「ウェンディが変わった言動をすると聞いた時、私はかつて出会った面白い少女のことを思い出したのだ。……ウェンディは、君のように、前世を覚えているのではないか？」

ああ、やっぱり。ライファート様はウェンディの力になれる人を必要として、占い師を結婚相手にロック・オンしたんだ。

私はお茶のカップを置き、ひと呼吸してから答えた。

「そうだと思います」

「君の時は、どうだったのだろうか。ご両親とは」

（そりゃ、揉《も》めましたとも。何しろ家を追い出されたくらいだし）

――とも言えず、私は緩《ゆる》い感じで答える。

「母が理解者になってくれましたし、前世の自分は大人だったので、私自身はそれほどあわてることがありませんでした。でもウェンディは、前世で子どものころに亡くなっていて、その記憶が生々しいみたいなんです。自分の中で、折り合いがついていないのではないでしょうか」

日本の件は言わないことにした。

さすがに、前世の私たちはここではない世界に住んでいた者同士なんですー、なんて、変わっているのを通り越して異常だ。

私は続ける。

「さっきはウェンディに、前世占いをしている私も、また変わった人間なのだと知ってもらいました。まずはそこから、少しずつ仲良くなっていければと思います」

私の存在が、吉と出るか凶と出るか。

できればウェンディの相談相手になって、いずれはお母さんとの関係を修復する手助けがしたい。ただ、凶と出たら——ウェンディが私を受け入れられなかったら、……どうなっちゃうのかな。

「そうか。……まだまだ、時間が必要なようだな」

ライファート様はひとつうなずく。

「しかし、希望の光が見えたのは確かだ。ありがとう、ルシエット。ウェンディとは、私も腰を据《す》えてつきあっていくつもりでいる」

希望の光、か。

私の前世の名前は『光希』なので、なんだか嬉しくなる。

「ライファート様の存在は、ウェンディにとってとても大きいのだと感じています。そうしていただけると、私も嬉しいです」

「ああ。婚約したことでもあるしな。ふたりで向き合っていこう」

「へ？　あっ、はい！」

（ウェンディのことを話してると、前世のことに意識が行っちゃって、ライファート様と婚約したことがついつい頭から吹っ飛んじゃう！　だって、日本を覚えている者同士が出会ったっていうのは、すごく大きいことなんだもの！）

でも、そう。私はライファート様と夫婦として、ふたりでウェンディに向き合っていくことになるのだ。

慣れない『夫婦』という単語に、勝手にドギマギしていると、ライファート様は微笑《ほほえ》みながら立ち上がった。

「このままでは、ウェンディにルシエットを完全に取られてしまうな。……散歩につきあってもらえないだろうか」

「は、は、はいっ、喜んで！」

ひゃー、と思いつつ立ち上がろうとした私は、椅子の脚につまずいた。つい口から言葉が飛び出す。

「痛《い》ってぇ！」

「ん？」

「な、なんでもありませんわ、ほほ」

（……反射的に出る言葉は下町言葉なんだよね。気をつけなきゃ）

私はぽーっとなっていた気持ちを引きしめた。


そして私たちは再び、中庭に出た。

中庭は三方が建物に囲まれているもので、残りの一方は石づくりの壁になっている。その壁に作られた扉を抜けると、さあっと風が吹き抜けて視界が開けた。

目の前に、水堀の上を渡る跳ね橋がある。橋は下りていて、渡り切った先の林の中に、赤い石の積まれた建物があるのが見えた。

しかし、そちらはぶっちゃけ、ボロい。いくつかの建物に付属している高い塔は、ところどころ崩れていて、建物の上を通る歩廊《ほろう》は危なくてとても使うことはできなそうだ。扉に打たれた鋲《びょう》からは錆《さび》が筋を作っている。

でも、私はそんな雰囲気も嫌いじゃない。

「歴史を感じる建物ですね」

橋を渡りながら言うと、ライファート様は微笑《ほほえ》んだ。

「堀のあちらは人が住んでいないので、古くなるばかりだ。領民に歴史を知ってもらうため、補修が済んだら開放して、誰でも見学できるようにしようと思っている。一番大きな塔の補修は終わったから、次はこちらだな」

建物の扉を抜けて中に入ると、薄暗いホールだった。隣の大きな部屋へ続く両開きの扉は開け放たれていて、そこから淡い光が入っている。

自然に、私たちの足はそちらに向いた。

高い天井の下、真ん中に通路、その両側にベンチが続いている。壁際には一部、補修用の足場が組まれていた。

奥の一段高くなったところに祭壇があり、そして突き当たりには大きなステンドグラスの窓がある。

「綺麗……」

私はその窓を見上げ、思わずつぶやいた。

緑の大地に立つ全能神と、蒼天《そうてん》に舞う神獣ギルゼロッグの姿が、午後の優しい光に浮かび上がっている。ギルゼロッグの真っ白な角《つの》が美しい。

午前中ならもっと陽が射し込むので、ステンドグラスが鮮やかだろう。

「この建物は教会なのですね」

聞くと、ライファート様は祭壇に向かってゆっくり歩きながらうなずいた。

「そうだ。堀のこちらは、かつて教会と修道院だった」

「じゃあ、ここで結婚式なんかも？」

ポロッと言ってしまってから、私は軽く飛び上がった。

「あっ、いいえ、私たちのということではなくてですね、かつてここに王子様の軍がいたころは、という！　そういう話で！」

（私、なんで言い訳してるんだろ？　婚約したんだから自分たちの結婚式の話をしたっていいじゃないの！　でもでも、せっかくライファート様がここの歴史の話をしてくださってる時に、言い寄るみたいなのは良くないような！　いや、それとも逆に、そういう話をきっかけにいい雰囲気に持っていったほうがいいの⁉）

混乱していると、ライファート様は立ち止まり、「ははっ」と声を出して笑った。

びっくりして私も立ち止まる。すると彼は私に手を差しのべた。

「君に、見せたいものがある。おいで、婚約者殿」

私はドキドキしながら、大きな手に自分の手を預けた。

（――ってときめくどころじゃなくて、ライファーアァアァ！）

私は今、必死でライファート様の胸にしがみついていた。

「あぁぁぁ高い高い怖い高い‼」

彼の上着が皺《しわ》になると、ちらっと思ったけど、それどころじゃない。

私たちはウィンズロー城で一番高い塔のてっぺんにいるのだ。

まさかの、手すり、ナシ！

教会に付属する塔は、天に少しでも近づいて神様を感じたいという願いから、高く作られるのが普通だそうだ。

それはともかく、直径三メートルちょいくらいしか足場がないのに屋根を支える四本の柱があるきりで、ここは吹きっさらしだ。上ってきた螺旋《らせん》階段の下り口もあるので、立てる場所は実質ほとんどない。

早く階段を下りたくて、私は足をぷるぷるさせながら階段のほうへちょっと伸ばす。けれど、ドレスが風をはらんではためくは、裾《すそ》が足に絡まるはで、さらに怖い。

「大丈夫だ、私が支えている」

しっかりと腰を抱いてくれているライファート様の腕は感じるんだけど、怖いものは怖い。目をつぶっていようかとも考えたけど、それはそれで怖かった。ちゃんとどこかを見ていないと、まっすぐ立っていられない！

「無理無理無理無理無理！」

「遠くを見るんだ、婚約者殿」

耳元で言われて、私はビクビクしながら涙目で視線を上げる。

（うう、なんだか、めまいが……）

ようやくピントが合うと、海が見えた。

丘の麓《ふもと》に町が広がり、そして港が開けている。大きな船が何隻も停泊し、荷物がロープで積み下ろしされていた。

そして沖合には、まるで頭をもたげた馬の上半身のような形の、大きな奇岩がある。馬の頭部分には、角《つの》のような突起もあった。

「ギ、ギルゼ、……ろっぐ」

「そう。ギルゼロッグの岩だ。あの岩にまつわる歴史から、ウィンズローは神獣に守られた地と言われている」

またもや朗々《ろうろう》と、ライファート様の講義が始まった。

「──『ボルガン会議』での裏切りにより不意をつかれたノーザンシア軍だったが、ウィンズロー城から放った一発の大砲が沖合の岩を砕いたとたん、岩はギルゼロッグの姿になった。それに天啓《てんけい》を得たノーザンシア軍は奮起して、ギュベルグの海軍に立ち向かい──」

「わかりました、わかりましたから後は下りてからで！　もう許してください！」

涙声で訴えると、ライファート様は苦笑し、私を階段へ導いてくれた。私は両手でライファート様の左手にとりすがる。

そして手を繋いだまま、階段を下りた。

高所からの光景が見えなくなり、ようやくホッとする。

ただ我に返ると、私ってば、ずいぶんと貴族令嬢らしからぬはしたない大声を上げていたような気がする。

（まずい。と、取り返さねば。色々と……）

「あの、もう、大丈夫れす」

噛みながら、私は手を放そうとした。

ライファート様はそれでも、私の片手だけは放さないまま先に下りていく。

「悪いことをしたな。どうしても、あの景色をルシエットに見せたかったのだが」

「見ました、ちゃんと見ました。ライファート様は、高いところは全く平気なのですね……」

「そうだな。むしろ好きだ。飛びたくなる」

「飛ばないでくださいいい！」

塔から飛び下りるライファート様を想像しただけで、背筋はぞわぞわ、みぞおちはひんやり、腕には鳥肌だ。高所恐怖症の想像力を舐めないでいただきたい。

思わず、彼の手をギュッと握ってしまった。

ライファート様は踊り場で軽く振り返り、微笑《ほほえ》む。

「可愛いな、ルシエットは」

その大きな手が頬に触れ、親指が私の目尻の涙を拭《ぬぐ》う。

優しくされると、さっきまで冷えていたみぞおちが温まり、逆に顔が熱くなってきた。視線を合わせられずにいると、ライファート様は言葉を続ける。

「意図したわけではないが、恐ろしい気持ちでいる時は、ともにいる人に恋愛感情を持ちやすくなるという。ルシエットもそうであるといいと思う」

（はあ!?　吊り橋効果のこと!?）

私は顔を上げて何か言おうとしたものの、結局言葉を出せなかった。口をパクパクさせていると、ライファート様は私を見つめる。

「毎日、なんらかの愛を示さないと、君をウェンディに取られてしまうからな」

（給餌《きゅうじ》とか吊り橋は求めてませんから！）

私は無理やり、話を変えた。

「ええっと！　あの岩、本当にギルゼロッグに見えました。すごいですね！　お祈りしなくちゃ」

「信心深いな」

感心しているふうなライファート様と、再び階段を下り始める。

「預言の神獣ですから、占いの神様だと思っているんです。ずっと見守っていただいていたので、これからもお祈りしようと思って」

「そうか」

「はい。ウェンディのことも……ウェンディが幸せになりますようにって」

占いをきっかけに出会ったあの子の幸せも願ってしまうのは、少し欲張りだろうか。でも、私は願わずにはいられなかった。


夕方、図書室に行った私は、恋愛小説を探した。

ライファート様のお城の図書室だから、歴史書ばっかりかなと思っていたけれど、意外にも蔵書はバラエティに富んでいる。

ライファート様だけの書物ではなくて、今までここで暮らしてきた様々な人たちの人生が反映されているのだろうから、当たり前と言えば当たり前だ。

「本棚を眺めるのって、ちょっと、誰かの前世を視《み》ている時みたいな気分だなぁ」

私はひとり言をつぶやきながら、目的のジャンルを探す。

恋愛小説は、薄暗い図書室の奥まった一角に、ずらりと取り揃えてあった。適当に何冊か選び、隣の明るい部屋で中を見てみる。

どれも貴族同士の、政略結婚から始まる甘々溺愛系だった。……なんとなく、これを揃えた誰かの気持ちがわかるような気がする。

「しかしまぁ、恋愛小説に出てくる男女って、どうしてこう四六時中一緒にいるの？ 仕事はどうしたよ。っていうか仕事中も一緒ってどうよ」

思わず口をついてしまったけれど、よく考えると貴族って夫婦で仕事をすることが多い。特に、貴族同士のおつきあいでパーティやら式典やらに出る時は、夫婦で出るわけで……

愛し合うふたりがそばにいれば、それはまあ、仕事中もいい雰囲気になっちゃうものなのかもしれない。

そして、そこに子どもの姿はない。

貴族の子どもは乳母《うば》が育てるのが普通で、大人の世界と子どもの世界がはっきりと分かれている。

私の母は、グレンフェルの家にいる時でも結構、私と過ごしてくれていた気がするけど、それはたぶん特殊能力持ちの私を心配してのことで、一般的ではないだろう。

恋愛小説を読んでいたはずが、私の意識は別のほうへ移っていく。

グレンフェル家を追い出された後、母の仕事先のお屋敷で使用人たちと一緒に過ごした時間は、とても楽しいものだった。掃除から料理まで、色々なことを教わりながら、労働者としての常識を学んだのだ。

だから、一応こうしてグレずに大人になれたわけで……いや、占い師稼業っていうのはグレたうちに入るのかもしれないけど……

ウェンディも私と同じように、前世のせいで苦しんでいる。彼女に、私のような幸せな時間をあげられたら。

どんな時間をウェンディと一緒に過ごせば、それができるのだろう。

一方、ライファート様のほうも、色々と考えてくださっていたらしい。

ウェンディと話をした数日後、書斎に呼ばれ、彼から紙包みを手渡された。

開いてみると、ドレス――いや、ワンピースだ。

「これは……？」

「ルシエットはどんな服装でも可愛らしいが、メイドのような服装を君自身が気にしているようだったからな」

ライファート様にうながされ、身体に当ててみる。

とても、美しいワンピースだ。エプロンもある。

水色のワンピースの形は機能的で、汚れたら洗うことのできそうな生地なのに、胸元や袖口に入った金色のボタンが上品で、伯爵令嬢としての私が着ていても恥ずかしくない。白いエプロンにも、さりげなくウィンズロー辺境伯の紋章が入っていた。

「メイドでも、乳母《うば》でもない、ウェンディにとって唯一無二の女性。そんな立場専用の服だと思ってくれればいい。ウェンディと過ごした後、私と過ごすのに、面倒な着替えの手間もいらない」

ライファート様の気遣いが、とても嬉しい。

さらに私にとって、その服がウェンディが持っている不思議の国のアリスみたいな服と似ているのも、嬉しかった。偶然だろうけれど、まるで親子ペアルックみたい。

「素敵、ありがとうございます！　さっそく、これを着て料理しますね！」

お礼を言うと、ライファート様が軽く首を傾げる。

「料理？」

「はい。ウェンディと一緒に、料理をしてみようと思います！」

そう私は宣言した。


翌日の午前中、私は厨房《ちゅうぼう》で分けてもらった食材を持って、離れを訪れた。

「は？　プリン、わたしもつくるの？」

泡立て器を渡すと、反射的に受け取ったウェンディは目を丸くする。

「つくってくれるとか、ゆってたくせに」

「そうなんだけど、よく考えたらライファート様と私って、まだ婚約しただけなのよね」

私は、水色のワンピースの上にエプロンをつけながら言う。

「もし結婚まで行かなくて、私がここを離れることになったら、ウェンディはプリンが食べられなくなっちゃうでしょう。作り方、教えておこうと思って」

「べ、べつにわたしだって、ぜんぜんりょうりができないわけじゃないもん」

唇をとんがらかすウェンディに、私は「おっ」と思って聞いてみる。

「前世で料理したことあるんだ？　そういえば、小学校六年生なら調理実習もあるよね。どんなものを作れるの？」

「ゆ……ゆでたまごと、めだまやき」

「立派立派！　朝ご飯は自分で作れたってことだよね？　トースト焼いてバナナでもつけたらバッチリだもん。じゃあ卵は割れるってことね、はいこれ」

「うん。……ってやっぱりわたしがやるの⁉」

ぶつぶつ言いながらも、ウェンディはぎこちなく卵を割る。手が小さいので、ひとつは失敗してしまったけれど、次からはなかなか上手に割れた。

私は、オーブンの様子を見ながら聞いてみる。

「ねぇ、日本ではどこに住んでたの？　私は東京なんだけど」

「……さいたま」

「隣かー。もうちょっと年齢が近ければ、どこかで会ってたかもしれないよね。っていうか、こっちの世界に生まれ変わるまでに、どんなふうに時間が流れてるのか、わからないけど」

「ねぇ」

量った砂糖と牛乳を入れ、ボウルの中身をかき混ぜていたウェンディが、手を止めた。

「なんで、わたしもルシエットも、こんなところにいるの？」

「え？」

「ちずに、日本がない。こんなとこ、へん」

「ああ……」

それは、私も以前から不思議に思っていた。

まさか、別の世界に生まれ変わることがあるなんて。

「確かに変よね。前も言ったけど、前世が日本人だった人に会ったのはウェンディが初めてなの。他の人の前世を視《み》てみても、地球のどこかっぽい感じがする人、いないのよ。文化も違うよね。飛行機とかパソコンとかないし。トイレなんて、生まれた時からこうだから慣れてるけど、もし日本からいきなり来たら、水洗じゃないってびっくりだっただろうなー」

「日本でうまれてれば――」

ウェンディは、がしゃがしゃと乱暴にボウルの中身を混ぜながら、言う。

「わたしのこと、しってるひとが、いたはずなのに。しんじゃっても、うまれかわって『ユリナだよ』ってゆえば、おじいちゃんもおばあちゃんも気づいてくれる。ともだちも……」

ウェンディの前世は、ユリナ、っていう名前だったんだ。

確かにもし、ユリナが死んですぐに日本で生まれ変わっていたら、ユリナの家族も健在だったはず。前世の記憶を持ったまま会いに行けば、自分だとわかってもらえる――ウェンディはそう思っているんだね。

辛いな……

けれど、ちょっと気になるのは、今の話に「お父さん」と「お母さん」が出てこなかったことだ。

もちろん、家族のかたちは様々だけど、何か複雑な事情のある家庭だったのかもしれない。

「ぜんせのことなんて、おぼえてても、なんにもいいことない」

ウェンディは、ボウルを置いて手を止めた。私を見る目に、感情がこもる。

それは、悔しさだ。

「ルシエットはいいよね。ぜんせで大人だったから、いろんなことしってて、それからうまれかわったんだもん」

「それは……」

「わたしは、しぬまえからずーっと子ども。なんにもできないんだから！」

ぱっ、とウェンディは泡立て器を放り出す。

「ウェンディ！」

呼び止めようとしたけれど、彼女は階段を駆け上がって行ってしまった。バタン、と扉の閉まる音がする。

私は小さくため息をついて、泡立て器を拾い上げた。洗って布巾《ふきん》の上に置き、それからプリン作りを再開する。

砂糖水を煮詰めてカラメルを作り、三つの器《うつわ》に入れた。そこに、卵と牛乳と砂糖を混ぜたものを網で濾《こ》し、注ぎ入れる。

（……こうして、料理を作ることも、押しつけがましかったのかな）

子どものウェンディができないことを、大人の私ならできると見せつける結果になってしまったのかもしれない。

お湯を張った天板の上に載せた器《うつわ》をオーブンの中に入れて湯煎焼《ゆせんや》きにし、プリンはできあがった。

私は階段を上がり、ウェンディの部屋の前で呼びかける。

「ウェンディ、プリン、できたよ。一緒に食べよう」

……返事はない。

「ね、食べてみて感想を聞かせて」

もう一声かけてみたけれど、やはりウェンディは出てこなかった。

仕方なく階段を下りた私は、食堂のテーブルに器《うつわ》を三つとも並べると、椅子に腰かけてひとつを食べ始める。もしかしたらウェンディが下りてくるかもしれないので、味見を兼ねて待とうと思ったのだ。

けれど、離れの中は静かだった。

本当は様子を見て、ライファート様と三人で食べようって言ってみるつもりだったのに。

でも、それは急ぎすぎだ。今日はやめておこう。

しっとりした甘いプリンは、とても美味《おい》しくできていたけれど、カラメルは煮詰めすぎたのか思ったよりもほろ苦かった。

離れを出る前に、私は食堂にあった紙を正方形にして、丁寧に一羽の鶴《つる》を折る。そして、その片方の翼にノーザンシアの文字を書く。

『召し上がれ』

私はそれを、ふたつの器《うつわ》のそばに置いた。


玄関を出て、顔を上げると、今日もライファート様が待っていた。

段差を下りて近づいた私が笑顔を見せると、ライファート様は少し眉根を寄せる。

「どうした、ルシエット」

やっぱり、観察力がすごいな。私が重い気持ちでいることは、すぐにバレてしまう。

「いえ。今日はあまり、うまく話せなくて」

「そうか。一進一退、といったところだな」

よく考えると、ウェンディに「同じ日本出身の私と仲良くしましょ」なんて言ったのは、卑怯《ひきょう》だったのかもしれない。そんなことを言われたら、私がどんな人間でも、ウェンディはつきあわざるを得ない……

反省した私は王子宮に向かって歩きながら、ぽろっとこぼした。

「もしかしたら、私の存在がかえって、ウェンディの心を乱してしまうのかもしれません」

けれどライファート様は、淡々と答える。

「君だからということではない。君でなくても、新しい出会いは必ずあの子の心を乱すだろう。それでも、あの子には誰かが必要だと思う」

ふと、胸がズキンと痛んだ。

私でなくても、いいんだ。

ライファート様がそういう意味で言ったんじゃないことはわかっている。けれど、もしウェンディにこれからも新しい出会いが待っているなら、私がここに居座って邪魔しちゃいけない。

ライファート様を『空っぽ』呼ばわりした私は、幼い子どもだった。

でも、今の私は大人で、そしてウェンディという傷ついた子と向き合っているのに、対応を間違えてしまった。

前世が日本人同士だという奇妙な繋がりに頼り、ウェンディを理解してあげられるのは自分だけだなんて自惚《うぬぼ》れもいいところだ。もっと穏《おだ》やかに、ウェンディと関係を作れる女性がいるかもしれないのだから。

私はそっと、隣を歩くライファート様を見上げた。するとライファート様がこちらに顔を向ける。

「どうした?」

「いえ。あの、この服、すごく動きやすいです」

「そうか。とてもよく似合っている」

ライファート様の微笑《ほほえ》みは優しい。

やっぱりルシエットじゃダメだ、となった時、ライファート様はなんておっしゃるだろう。

(ううん。もしそうなったら、言われるのを待つより、私のほうから離れよう)

簡単だ、隠していたことを明かせばいい。「私はお金目当てであなたと結婚しようとしました。占いもお金のためにやってました」って。そうすれば、きっとライファート様は私を見限る。

けれど、想像しただけで、胸が苦しくなった。

（やだな、婚約したとはいえ、まだまだお試し期間のようなもの。ライファート様と愛し合ってるわけじゃあるまいし、今ならウィンズローを去っても辛くないはずなのに……）

――その夜、私は母に手紙を書いた。

もしかしたら、父とかその周辺の誰かに読まれるかもしれないから、あまり明け透けなことは書けない。でも、私とウェンディはとても似ていると綴《つづ》った。それだけで母は察するかもしれない。

前世を覚えている仲間だって。

ウェンディの力になるためには時間が要りそうだ、ライファート様と三人で家族になれたら一番いいのだけれど、とも書いた。

それは、ほんのりにじませた、弱音。

（本当に、そうなれたらいいんだけど……）


翌日、私は再び、離れに行った。

一階のホールで家政婦長さんが待っている。今日の彼女はちょっと困り顔だったので、私はなんとなく事態を察した。

「今日は、ウェンディはご機嫌いかがかしら」

「ひとりで遊ぶ、と言って、お部屋にこもってしまわれました」

やっぱり……と、私はうなずく。

「そう。じゃあ、お邪魔しちゃ悪いわね」

「あ、ルシエット様」

家政婦長さんが、ランプを置いたりするのに使う階段脇の台から、何かを取って戻ってくる。

「ウェンディ様が、これをルシエット様にと」

受け取ってみると、ハートの形に折った折り紙だった。

ノーザンシアに、折り紙の文化はないはずだ。こんなふうに折れるのは、ウェンディぐらいしか考えられない。

私は思わず声を上げた。

「すごい、これをウェンディが？」

「そのようです。なんの形なのかよくわからないのですが、こんなふうに紙を折れるなんて器用ですよね」

「本当。とにかく、私にということなのね、いただいていくわ。また明日にでも来てみます」

私は紙のハートを胸に、離れの外に出た。

そのまま庭園の小径《こみち》に駆け込み、バラの植え込みの陰でハートを一枚の紙に戻してみる。

中に、子どもらしい文字の――日本語で、こう書いてあった。

『今度はピザを作って』

「っ……任せといて！」

私は思わず、片手で拳《こぶし》を握ったのだった。

第四章　気難しい『娘』には、秘密がありました

何日か経つうちに、各自の一日の過ごし方が決まってきた。

朝食を私とライファート様のふたりで一緒に取った後、ライファート様はだいたい領地の管理のため出かけていく。私は離れへ行って、ウェンディと一緒に料理をしながらおしゃべりする。できあがったものをそのままお昼ご飯にしてしまうこともあった。

乳母《うば》がいなくなって以来、ほとんど入っていなかったウェンディのお風呂の件は、ちょっと大変だった。

「手伝おうか？」

そう声をかけてみると、最初は完全に拒否されてしまったのだ。でも、頭がかゆくなったらしく、すぐに洗面器を使って髪だけ洗うのを許してくれた。

ここから徐々に慣れてもらおうと思っていたら、一緒に食事をしていた時にウェンディがシチューをひっくり返し、胸から下を思い切り汚したのだ。火傷《やけど》はしなかったものの、バターを使っていたのでベタベタになる。

「これはちょっと、しょうがないかも。ウェンディ、お風呂、頑張ってみよう」

それをきっかけにして、思い切って誘った。

ウェンディは、お風呂には入りたくないものの、身体は気持ち悪いし、シチューをひっくり返したのは自分なので誰のせいにもできないしで爆発寸前、涙目で立ちつくしている。

「こんな感じならどう？」

浴槽《よくそう》にごく浅く、ほんの十センチくらいお湯を張った。けれど、ウェンディはまだ迷っている様子。

私はとっさにウェンディの部屋からお人形を持ってきて、浅い湯の中にちょこんと立たせて洗ってみせた。

すると、ようやく、ウェンディはしぶしぶながらも入浴してくれたのだ。どうやら彼女は、腰より上まで浸《つ》かってしまうのが怖かったらしい。

前世の記憶もあり、身体は自分で洗えるので、私は髪だけ手伝ってミッションコンプリート！

それ以降は、同じような感じなら入浴できるようになった。

その他にも、ウェンディはどうしても気持ちに波があって、彼女の機嫌が悪くて会えない日もあるし、話をしているうちに癇癪《かんしゃく》を起こすこともある。

でも、それを二日も三日も引きずることはあまりない。「失敗した、もう私のこと嫌いになっちゃったかも」と落ち込んでいる私に、ケロッと話しかけてくることもある。

ウェンディが私を必要としているなら、そばにいたい。でも、必要とされていないなら離れなくちゃいけない。

その狭間《はざま》で迷いながらも、私は利発な彼女をどんどん好きになっていった。

そして、午後の私は王子宮に戻り、ウィンズローの歴史や隣国の言葉を勉強したり、過去の辺境伯夫人たちの仕事記録を読んだりする。

ライファート様がいる日は、一緒に勉強したり散歩したりすることもあった。

そんな日は、今日の彼がどんなとんでもない求愛行動をするのかって、ちょっと緊張しちゃうけど……

一日に一度は、ライファート様もウェンディの顔を見に行っていた。時々、ふたりで庭園に出ている姿も見かける。

ウェンディ、やっぱりライファート様のことは好きなんだな。

そんなふたりの関係にほっとするとともに、私もいつかあんなふうに仲良くなりたい、とあらためて思うのだった。


「ねぇウェンディ、前にもちょっと聞いたけど、よく私の占いに来れたね」

その日はふたりでクレープを作っていて、私はクレープに添える柑橘類《かんきつるい》のジャムを煮ながらウェンディに聞いてみた。

「ライファート様が一緒だといっても、このウィンズローからあのベルコートの町まで来るの、嫌じゃなかった？　馬車と列車を乗り継いで、三日はかかるでしょ」

「………」

ウェンディは踏み台に乗って、私の隣でお食事クレープ用のハーブをちぎっていたけれど、やがて口を開く。

「ルザリウムに、ははおやがいるの」

私はドキッ、とした。

ルザリウムというのは、ノーザンシア王国の王都だ。それはいいとして、『ははおや』。ウェンディのその呼び方は、かなりよそよそしい。

ウェンディは続ける。

「ときどき、おじさんといっしょに会いにいくの。ちょっとはなしをするだけだけど。おじさんも、ルザリウムでのしごとがあるし。そのときに、うらないのことを聞いたんだって」

「ああ、うん。誰かから、紹介してもらったっておっしゃってた。私、変なお客さんが来ると怖いから、紹介制にしてたんだ」

「それで、わたしに、行こうって。ウェンディがいつもいやだと思っていることが、かいけつするかもしれないからって」

ルザリウムからベルコートは一泊の距離だ。

私はうなずいた。

「ウェンディはライファート様のこと、信じてるのね。ええと、尊重してるっていうか」

「うん……」

ウェンディは小さくうなずく。

「おじさんとは、ちちおやのおそうしきで、はじめて会った。それでいきなり、この人のそばにいないといけない、って思った」

「ライファート様のそばに……？　不思議ね。どうしてだろう」

「わからない。……おじさんは、わたしをいやがらなかった。ほうっておいてほしいときは、ほうっておいてくれた。わたし、その少しまえにユリナのことを思いだして、ひとりになりたいときがいっぱいあったの。日本じゃなくてへんなせかいにいるって、きもちわるくて、ひとりでおこったりないたりしたかった」

「えっ？」

私はつい、手を止めた。

つまり、ウェンディはお父さんが亡くなったころにいきなり、前世のユリナの記憶を取り戻したってこと……？

私と、違う。私は、生まれた時から当たり前のように、光希の記憶があった。

（人によって、違うのかなぁ。それまで忘れていた記憶が、お父さんが亡くなったショックでよみがえったとか、そういうことかもしれない）

考え込んでいると、ウェンディがビシッと言う。

「ルシエット、ジャム。こげる」

「あああ」

私は急いで、鍋をかまどから下ろした。

「危なー。ありがとう、ウェンディ」

「なにかあった？」

「ううん、うっかり考え事しちゃっただけ。さあ、巻《ま》こうか」

冷ましてあったクレープの生地で、ハーブやチーズ、刻んだゆで卵、王子宮の厨房《ちゅうぼう》でもらったハムなど、それぞれ好きなものを巻《ま》く。ウェンディはチーズが好きみたいだ。

「こっちはデザートにね」

残りのクレープで、泡立てたクリームを包み、上からジャムをとろりとかける。ウェンディは、ジャムのオレンジ色の艶《つや》めきを待ち遠しそうに見つめていた。

そして私たちは料理を食堂に運び、「いただきます」をして食べ始める。

「美味《おい》しい！　ドレッシング、うまくできたと思わない？」

「……うん」

ウェンディはもくもくと食べている。気に入ったらしい。

「あー、ポテトサラダも作って巻《ま》いたらよかったな。マヨネーズたっぷりめで」

「マ、マヨネーズは、たべたいけど。……そんなにいっぱいつくっても、たべれない」

「はは、そうね」

もぐもぐと口を動かす間、食堂はシーンとなる。

やがて、ウェンディが言った。

「たくさんつくるなら、おじさんもよばないと」

（……えっ？）

固まって目を丸くしている私に、口の端に卵をくっつけたウェンディはムスッとする。

「なに、びっくりしてるの」

「あ、ああ、えっと、お招きしていいの？　三人で、お食事……」

「べつに、いいよ」

ウェンディは澄ました表情になって、残りのクレープを食べ始めた。

（さ、三人で、食事。いずれはそうできたらと思ってたけど、ついに……！）

嬉しくて嬉しくて、私は身を乗り出した。

「え、じゃあその時は何、作ろうか？　グラタン？　ミートローフ？　今度こそ茶碗蒸し？」

「肉まん」

「肉まん!?　いや、作れるけど、辺境伯様に肉まん!?」

思わず突っ込むと、ウェンディはいったん、つんと唇をとがらせる。

そして。

「いいじゃん、べつに」

少しだけ、ふふ、と笑った。

それは、ウェンディの周りの空気が一瞬明るくなったような気がするくらい、可愛い笑顔だった。

窓から、入城門を入ってくる馬車が見えた。

私は部屋を飛び出し、廊下を急ぐ。

王子宮のホールに続く階段まで出ると、ライファート様が玄関からホールに入ってくるところだった。

「ライファート様！」

呼びかける前から、ライファート様は私に気づいていたようだ。コートを脱いで従者に渡しながら、階段を駆け下りる私を見て微笑《ほほえ》む。

「ルシエット。どうした」

ああもう、今日のラベンダー色のドレスは裾《すそ》が重いっ。

「お話、したいことがあって！」

「いい話のようだな」

「はいっ」

ライファート様に促《うなが》され、私は玄関からほど近い書斎に入った。ふたりきりになると、早速報告する。

「ウェンディが、三人で食事してもいいって言ったんです！　私とウェンディで料理を作って、ライファート様を離れにお招きするって！」

ライファート様は目を見開いた。

「それはすごい。いや……本当に、すごいことだ」

「はい！　私、嬉しくて」

ちょっとはしゃぎすぎたかと、私は胸に手を当てて深呼吸する。

「あ、お帰りになったばかりなのに、すみません。あの、ウェンディも急に機嫌が悪くなることもあるので、もしかしたらやっぱり嫌だって言うかもしれませんけど、でも今のところは」

そんな私に、ライファート様は微笑《ほほえ》む。

「やはり、ルシエットは素晴らしい女性だ」

「え⁉　い、いいえ、ウェンディも落ち着いてきたので、そう、たまたまそういう時期が来たんだと思──」

「ルシエット」

突然、手を握られ、見つめられた。

「ウェンディが君を認めたということは、私たちも先へ進める、ということだな」

「先……？」

顔が、カッ、と熱くなる。

つまり、ウェンディが許してくれれば、いよいよ私はライファート様の妻に。本当に結婚することになるのだ。

ライファート様は、はは、と声を出して笑う。

「考えていなかったのか？」

「あ、あの、ウェンディのことでいっぱいいっぱいで」

(考えてなかったわけじゃないけど！　あれ？　これじゃあまるで、結婚が嬉しくて浮かれてライ

ファート様をお出迎えしたみたいにも見えるんじゃない⁉）

何か言い訳しようとした時――

広くて、温かいものに包まれた。視界が白と黒で埋まっている。

ライファート様の、シャツとベストだ。

抱きしめられている、と気づくまでに、二秒くらいかかった。

顔が、ライファート様の胸に埋《うず》まっているのだ。ライファート様の匂いがする。

「ふ、あ、あの？」

混乱するあまり、変に上擦《うわず》った、蚊《か》の鳴くような声しか出ない。

ライファート様の優しい声が、広い胸から響いてきた。

「ウェンディのことも嬉しいが、君をようやく私の妻にできると思うと、本当に嬉しい。……聞いてくれ」

少し身体を離し、額《ひたい》を寄せ合うようにして、ライファート様は綺麗な青の瞳で私を見つめた。

「占ってもらいに行った時のことだ。君がルシエットだとわかって、私はその足でグレンフェル家に向かった」

（えっ？　ベルコートからアルスゴーへ、夜中に直行？）

「そんなに、急に……ウェンディの乳母《うば》はその時、もう辞めようとしていたのですか？」

戸惑《とまど》って聞くと、ライファート様の目が愛《いと》おしげに細められる。

「乳母《うば》の代わりとして、君を求めたのではない。占い師の君は、私の前世が視《み》えないことを、嘘《うそ》偽《いつわ》りなく打ち明けてくれた。ごまかすこともできたのに。……幼いころの素直さを残したまま大人になった君に、私はその場で恋に落ちてしまった」

こい？

……恋⁉

（あの時、私に、恋⁉　ウェンディの母親役として見込んだんじゃ、なかったの⁉）

顔がますます熱くなる。

「す、素直だなんて。私、幼いころ、空っぽだって、失礼なことを言ったのに……」

「失礼？」

ライファート様は首を傾《かし》げる。

「君は正確には、こう言ったのだ。『あなた、空っぽだ。だから、新しいカバンみたいに、好きなものばっかりたくさん入れられるね』と」

覚えていてもいなくても、人は前世の記憶に影響される、と私は思っている。だから、人生というカバンには、最初から好きでもなんでもないものが入ってしまっている人がいるのだ。

でも、前世がないなら、本当にその人はまっさら。好きなものばかりで人生を埋めつくせる。

幼い私はきっと、そう考えたのだろう。

「十代半《なか》ばのあのころ、私は毎日、無為《むい》に過ごしていた」

ライファート様は、昔の話をしてくれる。

「自分がこの世界に必要だと思えず、周囲の人々ともうまくいかず、なんの目的もなく生きていた。

そんな時、ルシエットの言葉で思ったのだ。目的がないなら、どんなことでもできる。好きなことをとことん追求してみよう、と」

「ライファート様の、好きなことって？」

「人の歴史だ。人そのものに興味があった。どのように生きてきたのか、この国が、世界がどのように生まれ育ってきたのかを、私は学んでいった。気づいたら、大学で歴史の教官として教鞭《きょうべん》をとるまでになっていた。ウィンズロー辺境伯を継いでからは、この地の歴史を知ることに没頭した。そんな人生のきっかけになった君に、ベルコートの町で再会したのだ。私はすぐに恋に落ちた」

（あああ、恋ってやめて。甘酸っぱくて恥ずかしい！）

もはや語彙力《ごいりょく》が消え失せている私に、ライファート様が微笑《ほほえ》む。

「そして私は、急がなければ、と思った。幼い君に会ってから十六年、とっくに年ごろの君を誰かに奪われてしまう前に、と。君がすでに結婚しているかもしれないとか、結婚していなくても誰か決まった相手がいるかもしれないとか、そういったことを思いつかないほど焦ってしまったな。時間と勝負するようなつもりで、アルスゴーへ向かった」

「あの、その時にさっそく、父に結婚の話を？」

「そうだ。グレンフェル家に朝、到着し、身分を明かして君との結婚を申し込んだら、ずいぶん驚かれてしまった」

そりゃそうだ。とっくに追い出した娘は、グレンフェル家にいなかったんだからね！

（お父様、一体その場をどう切り抜けたの⁉）

ぐるぐる考えているうちに、ライファート様の右手が、私の頬に触れた。

私の心臓が、破裂しそうなほどに暴《あば》れ出す。

「再会した君は、私の腕に手をかけることさえ、ぎこちなかった」

手のひらが、頬を包むように私を上向かせる。

「私たちふたりについての話が出るたびに、頬を上気させ、言葉に詰まって。たった今も、そうだ」

顔が、近づく。

「男性と過ごすのに慣れていないのだ、とわかって歓喜した」

間近のささやきは、吐息とともに耳を揺らす。

「この城で、これから君と暮らす……私だけのルシエットと」

キスされる……！

ぎゅっ、と目をつぶった私の鼻に、柔らかいものと硬いものが同時に当たる。

(……唇、と、歯？)

鼻を甘噛みされたのだ、と気づいた時には、ライファート様の顔が離れるところだった。

「っ……!?」

(鼻を噛むのも求愛!?)

混乱する私に、ライファート様は静かに告げる。

「君にウェンディのことで重圧をかけてはいけないと思い、今まで言えなかったが……私は君を愛している。心から、君と結婚したいと思っている。それを、知っておいてほしい」

深い青の瞳は、私への気持ちであふれていた。

その時、私はそれがとても嬉しくてたまらなくて……

――自分も、ライファート様に恋をしていることに気づいたのだ。

思わず顔を伏せると、低い笑い声がした。

「恥じらうルシエットも可愛い。その日が待ち遠しい。……踊ろう、ルシエット」

「へっ？」

いきなり腰を抱かれて片手を握られる。そのままライファート様はくるりとターンした。

「わっ！」

今までで一番、私は焦った。

ダンスは本当に、全然できないのだ！　母からも習っていない！

身体を立て直そうとして、思いっきり、ライファート様の足を踏んだ。

なんてベタなと思いつつも、顔から血の気が引く。

「も、申し訳ありません……！　私、ダンスだけは本当に苦手で！」

自分が下町育ちであったことを思い出し、ヒヤリとした私は、とっさに離れた。

「そうなのか」

幸い、ライファート様は私を優しく見つめたままだ。

……今のうちに、ライファート様に打ち明けておこうか。

ふと、そう思った。

結婚するのに、隠し事をしているのは心苦しい。

幼いころにライファート様と出会った後、家を出されたことや、最近まで下町で暮らしていて、令嬢として育っていないということを話しても、きっとライファート様は今の私をそのまま受け入れてくれるに違いない。そういう方だもの。

でも、そうしたら、父との取り引きを話さなくてはならない。

それがためらわれた。

もし自分がウェンディの家族に相応《ふさわ》しくないと思った時は、自分から打ち明けようと考えていたこともあるのに。私はお金儲けのために占い師をしていて、お金目当てで辺境伯夫人になるために実家に戻ったんだって。

今までの花嫁候補がお金と地位目当てなところがダメだったのなら、私も同じだと知ってライファート様はがっかりするだろう。

……言えない。

「ルシエット、そんなに気にすることはない」

うつむいた私を心配してか、ライファート様が言ってくれる。

「そのうち、ウェンディと一緒にダンスを習うのもいいかもしれない。ウェンディも喜ぶだろう」

「あ……はい」

私はとっさに、笑顔を作った。

そう。ライファート様にとっての私は、ウェンディの良き母親なのだ。打算的で汚い女だと思われたくない。

黙っていよう。打ち明けたところで誰も幸せにはならないんだし、今後の私がきちんとしていればいいことなんだから。

私は言い訳するように、自分に言い聞かせた。


中庭に出たところで、離れから出てくる家政婦長に会った。

彼女はハッとしたふうに、両手で口を押さえる。

うなずきかけるライファート様。

それを見て、パアッと笑顔になった家政婦長は一礼し、早足に去っていった。

「……あの、今のは？」

私が問うと、ライファート様は私を見下ろして微笑《ほほえ》む。

「私たちがうまく行っていることを、喜んでいるようだな」

「ええ……？」

「ルシエットがこの城に来ることを使用人たちに伝えた時、私から結婚を申し込んだことも話したのだ。今までは先方から立候補した人ばかりだったので、皆、驚いたようだ」

（そんなことも話しちゃうんですかっ）

……でも、いいな。

「ライファート様は、使用人たちにとても慕《した》われてるんですね」

「それはどうだろうな……。私の結婚がなかなか決まらないと、ウィンズローの暮らしが安定しないせいもあるのかもしれない」

そういうことなのかなぁ。

デイジーに、婚約したって言った時もあの喜びようだった。主人が意中の人とうまく行った、それだけで皆、嬉しいんだと思う。

（って、その「意中の人」が、私なんですね！）

ひとりで勝手に赤くなっていると、彼は口の端をくっと上げるあの微笑《ほほえ》みを見せた。

「近いうちに、一緒に町にも行ってみよう。町の人々も喜ぶ」

（……ってまさか、町の人たちにもしゃべってるんかーい！）

私は心の中で盛大に突っ込んだのだった。


三日後、本当に、私たちは三人で食事をすることになった。

その日の前日、私はお昼過ぎに中庭を抜けて、王子宮の厨房《ちゅうぼう》に向かう。明日使う食材が届いているとのことなので、揃っているかどうか確認させてもらうのだ。

そろそろ花が終わろうとしているバラの植え込みの間の小径《こみち》を抜けようとして、私は離れの扉が開いたのに気づいた。

ウェンディだ。襟《えり》ぐりに刺繍《ししゅう》の入った臙脂色《えんじいろ》のワンピースは、胸の下で切り替えがあり、彼女によく似合っている。茶色のツインテールをぴょこぴょこさせながら、ひとりで玄関の段差を下りてきた。

まだ離れの中に家政婦長がいるはずなのに、ひとりで出てきちゃったらしい。止めたほうがいいのかもしれないけれど、小学校六年生だった前世に影響されているなら、ひとりで行動したい時もあるよね。

様子を見ていると、ウェンディはボーッとした顔で、中庭を入城門のほうへ歩いていく。城から出ようとしているわけではなく、建物沿いに歩いていき――

池のそばで止まった。

ウェンディは、水の近くに寄るのが苦手なはずなのに。

心配になった私は、何かあったら助けられるよう、植え込みの陰で待機した。

ウェンディはしばらく立ちつくしていたかと思うと、その身体をゆらっ、と揺らす。私は思わず声を上げそうになった。

でも、ウェンディはただその場でしゃがみ込んだだけで、そのまま池の中を覗《のぞ》き込《こ》む。

落ちそうでハラハラして、私は彼女のすぐ後ろまで近づいた。

水面には、ウェンディの顔が映っている。小さな唇が、動いた。

「きんいろ……」

突然、ウェンディが水面に右手を伸ばしたので、私はあわてて一歩踏み出し、彼女の左腕をつかまえた。

ウェンディの指先が水面に触れ、波紋《はもん》が広がる。

一瞬、何かが金色に光ったような気がした。

「ウェンディ、危ないよ」

「…………」

ウェンディはゆっくりと、こちらを振り向く。そして私の顔を、不思議そうに見上げた。

私は彼女の様子を不審に思い、尋ねる。

「大丈夫？　怖くない？」

「……こわい……？」

子どもらしい声でつぶやき、ウェンディはまた視線を池のほうに戻した。

その直後、一瞬、彼女の肩がビクッとすくんだ。こてん、と尻餅《しりもち》をついてしまってから、急いで立ち上がる。

池のほとりから大きく一歩離れたウェンディは、もう一度、私を振り向いた。

「なんでルシエットがいるの？」

強い調子で聞かれ、私は正直に答える。

「ウェンディがひとりで池に近寄ってたから、大丈夫かしらと思って」

「こ、このくらい、へいき。どうせ、なれなきゃだめでしょ」

ウェンディは早口でそう言うと、私の横をすり抜けて離れに向かって走っていった。

（慣れなくちゃって、思ってるの？　無理しなくていいのに……実は気にしてるのかな、水が怖いこと……）

少し違和感を覚えながらも、私はウェンディを見送る。

ふと見上げると、離れの上の空には灰色の雲が広がっていた。


ライファート様が領地の会議で帰るのが遅くなり、その日、私はひとりで夕食をとった。

小食堂とはいえ十分広いテーブルで、ポツンとスプーンを口に運ぶのは、なんとも寂しい。うっかりため息をつくと、従僕が皿を下げるために私の脇から手を出したタイミングと重なってしまった。

「あ、失礼。とても美味《おい》しかったのよ」

私はあわてて、誤解されないように言う。

「今まで、ひとりで食事することがなかなかなかったものだから、ちょっと……」

「お寂しいことでしょうね。グレンフェル卿は賑《にぎ》やかな方でいらっしゃいますし」

従僕はそつなく微笑《ほほえ》み、そして食器を持って下がっていく。

グレンフェル卿とはお父様のことだ。

（いやいや、お父様はいなくていいです。お母さんにはいてほしいけど）

下町での食事は、家か職場でとっていた。家には母がいたし職場には仕事仲間がいる。さらにさかのぼれば、母が家庭教師をしていたころは大勢の使用人たちに交じって食事をしていた。だからいつも賑《にぎ》やかに会話していたものだ。

明日は、ライファート様とウェンディと、三人で食事をする。賑《にぎ》やかになるかどうかはわからないけれど、その時がとても楽しみだ。

食事を終えて、自分の部屋に戻ろうとホールに出たところで、中庭に面した窓に水滴が伝っているのが見えた。

「雨だわ」

窓に近寄る。ぼやけたガラスの向こうに、離れに点《とも》された灯りがにじんで見えた。

（水が苦手なウェンディは、雨は大丈夫なのかな？　さすがに、そこまではないか。前世の友達にも、水が怖くて泳げない子がいたけれど、雨が嫌いとかは聞いたことがないし）

部屋に戻り、ディジーに手伝ってもらって寝間着に着替える。彼女が「おやすみなさいませ」と言って出ていくと、私はもう一度、窓に近寄って外を見た。

「……さっきより強く降ってる……」

やっぱり、ちょっとだけウェンディの様子を見てこよう。よけいなことしてご機嫌を損ねたら、明日のランチはパーになるかもしれないけど、気になるんだもの、仕方ない。

私はガウンを羽織《はお》り、部屋のランプを手にして廊下に出た。

王子宮の中を歩いて離れに一番近い玄関まで行き、玄関脇の窓辺にランプを置く。扉を開け、ガウンを雨除《あめよ》けにして外に走り出る。

それほど濡れずに、離れの玄関にたどり着いた。中に滑り込むと、玄関ホールと、一階の奥の使用人区域に灯りが見える。

（家政婦長か誰かがいるなら、私は必要なかったかな。でも、ここまで来たらウェンディの顔は見て戻ろう）

ホールのランプを借り、私は忍び足で階段を上ってウェンディの寝室の前まで行った。ランプは少し離れた廊下の隅に置き、扉を静かに開ける。

寝室に淡く光が差し込んだ。奥の窓のカーテンが開いていて、窓ガラスがわずかに光をはじいている。

その窓際のベッドで、ウェンディはぐっすり眠っていた。

忍び足で近づいて、顔を覗《のぞ》く。

寝ている彼女は、悩みから解放され、五歳の少女らしい穏《おだ》やかで可愛い顔をしていた。つい、こっちまで顔が緩《ゆる》んでしまう。

すると気配が伝わったのか、ウェンディは軽く寝返りを打った。口元がむにゃむにゃして、ほわんとした寝言がこぼれる。

「……おかあしゃま……」

その声に、私はなんだか、泣きそうになった。

現世でのお母さんのこと、『ははおや』なんて呼び方をしていたけど、本心では『お母様』って呼びたいのかもしれない。

私は片手を伸ばし、そっと、ウェンディの額《ひたい》を撫でた。

ウェンディはまた、口元をむにゃむにゃさせる。微笑《ほほえ》んだようにも見えた。

ふと顔を上げると、窓に私とウェンディの姿が映っている。カーテンが開いているので、もしかしたら、ウェンディも眠る前に雨を眺めていたのかもしれない。

ガラスに映る私の姿には、光希の姿が重なっている。

もちろんウェンディの姿にも、別の姿が重なっていた。

でも、今日はどういうわけかその姿がぼやけている。

(……ユリナ、だよね?)

私は目を凝《こ》らした。

小学校六年生の、私より小柄なユリナが視《み》えるはずなんだけど……なんだかユリナにしては大きい。ベッドに横になってるから、印象が違うのかな。

いや、大きく、というか、ぶれて視《み》えていた。ウェンディの上にふたりくらい重なって視《み》えている感じだ。

(嫌だ、前世を視《み》るのにも乱視ってあるのかしら)

「うーん」

ウェンディが眉をひそめたので、私はあわてて手を引いた。

そして、そっとベッドを回り込んでカーテンを閉めると、彼女を起こさないように部屋の外に出たのだった。


翌日の、ランチタイム。

家政婦長のアドバイスか、離れに現れたライファート様は、大きな花束を持っていた。

「本日は、お招きありがとう」

花束をウェンディに差し出し、スマートにそうおっしゃる。

ウェンディはもじもじと、表情を決めかねている様子で受け取り、助けを求めるように私を見た。

だがしかしっ、私は厨房《ちゅうぼう》仕事で手が離せない。

(ウェンディ、自分でなんとかしてね！)

結局彼女は「ありがとう……」と花を受け取り、ライファート様と一緒に大きな花瓶に活け、テーブルに飾った。

本日のメニューはなんと、サンドイッチと肉まん、それにプリンだ。

ライファート様はご存じないけど、私とウェンディはこれを密《ひそ》かに「コンビニランチメニュー」と名づけている。

ウェンディは、メニュー決めでコンビニの話が出た時、さらりと言っていた。

「がっこうない日は、いつもおひるごはん買ってた」

どうも土日も、ユリナのおうちの人は仕事だったらしい。

肉まんはもちろん、生地から作る。小麦粉とふくらし粉、塩と水をこね合わせ、布をかけて少し置いている間に、刻んだ肉ときのこを炒《いた》め、とろみをつけてまとまるように仕上げた。

ウェンディと一緒に包み、蒸している間に、サンドイッチを作る。

料理ができあがると、私はエプロンを外して水色のワンピース姿になった。

もうすっかり、ウェンディとの時間はこのワンピースで過ごすのが習慣だ。午後の勉強時間はドレスに着替えるので、いい気持ちの切り替えにもなっていた。

ちょっと緊張しながら三人でテーブルを囲み、ランチが始まった。

「む……美味《うま》い。この包み蒸しは、脂身も程良いし、きのこのうまみがある。それに、こちらのパンに挟まれた芋《いも》のサラダもこくがある」

「このサンドイッチは、ほとんどウェンディが作ったんですよ」

私はライファート様に教えた。

私が作ったのはマヨネーズくらいで、芋《いも》を潰して調味料と混ぜ、ポテトサラダサンドにしたのはウェンディだ。

黙って上目遣いでライファート様の反応を見ていたウェンディは、ようやく自分の肉まんをパクッと頬張った。まん丸のほっぺで、私のほうを満足そうに見ているので、美味《おい》しくできているらしい。

私も一口。

(うん、ジューシー!)

デザートのプリンは、先に作って冷ましてあった。

ライファート様はそれを一口食べて、うなる。

「ううむ。美味だ。ウェンディとルシエットで店が開けるな」

「お、おみせなんて、やらない……。それより――」

ウェンディはまた唇をとがらせてから、微妙に視線を外しつつライファート様に聞いた。

「いつ、けっこんするの」

私は思わず、ライファート様を見た。ライファート様も私と視線を合わせ、それからウェンディを見つめる。

「決めていない」

「え、なんで？　だって、ほかの女の人とちがう。ルシエット、ずっといるのに」

「ああ。しかし、ウェンディにも関わることだ。私たちふたりだけで決めることはない。準備もまだ、していない」

私もライファート様に合わせてうなずいた。

するとウェンディがそっぽを向く。

「へんなの。もうきめちゃえばいいのに」

「では、ウェンディも話し合いに加わってくれるか？」

「え？」

びっくりしたようで、ウェンディが目を丸くした。けれどライファート様はあくまでも真剣な顔だ。

「私とルシエットが結婚したら、ウェンディも家族になる。同じ城で暮らすのだからな。三人で話さなくては、何も決まらない」

「そうですね。結婚すべきかどうかから、まず決めないと」

私は膝の上に両手を揃え、背筋を伸ばした。

ライファート様は、軽くウェンディのほうへ身を乗り出し、声をひそめる。

「私は、この人だ、と思うのだが。ウェンディはどう思う」

「な、な、な」

意見を求められて、小さなウェンディは真っ赤になった。無意識なのか、日本語が飛び出す。

『い、今までの人の中で一番マシ！　さっさと結婚しちゃって！』

「なんて言ったの、ウェンディ？」

私は首を傾《かし》げてみせた。日本語では、ライファート様が理解できない。

そのライファート様は、ウェンディから視線を外さないままだ。

ウェンディは、私たちの顔を見比べてから、ぼそっと言った。

「わたしも……ルシエットなら、いいとおもう」

（……嬉しい！）

私はついついにやけた顔をしてしまい、両手で頬を押さえる。

「ありがとう、ウェンディ」

ふとライファート様が立ち上がり、私のすぐ脇に片膝をついた。手には、テーブルの花瓶から取ったらしいダリアに似た花を持って、私に差し出している。

「ルシエット。私とウェンディの家族になってくれ。結婚しよう」

（うわわ！　正式プロポーズだぁ！）

ウェンディを見ると、彼女は相変わらず唇をとんがらかしている。でも、なんだかそれは笑いをこらえるような表情に見えた。

私は、立ち上がり、震える手で花を受け取る。

「はい。喜んで」

応える声も、ちょっと震えてしまった。

ライファート様は微笑《ほほえ》むと、私の左手を取って、手の甲にそっとキスしたのだった。

ランチはお開きとなり、厨房《ちゅうぼう》でお茶を淹《い》れていると、ウェンディがスッと寄ってきて日本語でささやいた。

『まさかおじさん、ウィンズローまで呼んどいてプロポーズもしてなかったの？　ありえなくない？』

『さすがに、お見合いだから結婚の意志があることは聞いてたよ。でも、そこでストップしてた』

『ふーん』

自分が原因だということはわかっているようだったけれど、ウェンディはそれ以上はコメントせず、後ろに手を組んでスーッと私から離れていった。クールっぽくしてるところがまた、可愛い。

食器を洗うと、使用人たちが恐縮しすぎてしまうので、厨房《ちゅうぼう》に下げるだけで済ませる。

そして、私とライファート様は離れをお暇《いとま》することにした。ベルを鳴らして、家政婦長を呼んでおく。

「ではウェンディ、君も含めてこれから忙しくなる。また色々と意見を聞かせてくれ」

真面目な口調で言うライファート様に、ウェンディは再び唇をとがらせる。

「ルシエットと、きめてください。……おめでと」

その言葉に、私は「ありがとう」の気持ちを込めて、ライファート様の斜め後ろでニカッと笑ってみせた。ついでに、ライファート様の後頭部からこっそりピースサインを出す。

ぶっ、とウェンディが噴き出した。彼女はあわてて顔を隠しながら、くるりと向きを変えて階段を駆け上がっていく。

外に出て扉を閉めると、ライファート様がつぶやいた。

「……笑ったな」

「はい」

私たちは笑顔を交わす。

ふと見ると、王子宮の使用人用出入り口の扉から、家政婦長が出てくるところだ。その後ろで、扉の陰からいくつもの頭が覗《のぞ》いている。

ディジーたちメイド、それにライファート様の従者に従僕たち。皆、今日のこの昼食会が特別な会だとわかっているのだ。

家政婦長は私たちに気づいて、一度、足を止める。

ライファート様が、私の肩を抱きよせて見せた。私も照れつつ、もらった花を持ち上げてみせる。

家政婦長は両手を胸に当てて、ホッとしたような笑顔を見せ、扉のほうからはワアッとかキャーッとか、喜びの声が聞こえた。

ライファート様が私の耳元に口を寄せる。

「ルシエット。あの時、君と出会えて良かった」

「……私も、です」

私はライファート様の顔を見上げた。

「幼い私を助けてくださって、そして覚えていてくださって……ありがとうございました」

❖ ❖ ❖

『愛するルシエットへ
結婚式の日取りが決まったとのこと、おめでとう！　ウェンディ嬢と仲良くなれたなら、本当に良かった。さすがは私のルシエットです。忙しいでしょうが、彼女の話をたくさん聞いてあげてください。
そう、前の手紙で相談のあった乳母《うば》のことですが、ウェンディ嬢はとても大人びた子なのでしょう？　それならもう、乳母《うば》ではなくて家庭教師に来てもらったらどうかしら。令嬢として接したほうがいいように思います。ライファート様に相談してみてください。
私はずいぶん元気になりました。ライファート様の勧めてくださったとおり、体調が整ったら結婚式を待たず、早めにウィンズローに行けるようにしたいと考えています。心配をおかけするといけないので、それまでは適当にごまかしておいてください。
心を込めて　ミルディリア』

結婚の報告を兼ねて母に手紙を出すと、すぐに返事が来た。

手紙の中のアドバイスを元に、ライファート様やウェンディ本人と相談し、家庭教師を探すことにする。

確かに、ウェンディは細《こま》かくお世話する必要がないほど大人びているし、そうされることを嫌がりもする。

普通の貴族の家では、両親はほとんど子育てに関わらないけど、ウェンディがどんな子なのか理解してくれる人に家庭教師になってもらって、私たちもその人にほどよく関わるようにしたらいいかも。

例えば、ウェンディの感情が激した時なんかには、私かライファート様を呼んでもらってもいいというふうにだ。

「べつに、ルシエットがべんきょうをおしえてくれてもいいんだけど」

ウェンディが挑発的に言うので、私は眉を八の字にした。

「自信ないわ……。私、外国語は全然なのよ。私の母なら教えられるだろうけど」

「ははおや？　ルシエットの？」

「え、あ、そう。母は頭のいい人だから」

私は笑ってごまかす。貴族であるはずの母が家庭教師の仕事をしていたなんて言えない。私自身は家庭教師についてもらう前にグレンフェルの家を追い出されたので、母が家庭教師がわりだったのだ。

『ふーん。おじさんの奥さんになるなら、外国語はできないとヤバいんじゃないの？　ここ、辺境領だよ？』

ウェンディに日本語で突っ込まれ、「うっ」となる私。

『日本語ならしゃべれるのにね。残念だね』

ウェンディはまた、ふふ、と笑った。

少しずつ、少しずつ、結婚式の準備が進んでいく。私のドレスのデザイン決めには、ウェンディにも加わってもらった。

一方、ライファート様はウェンディのお母さんに手紙を送っている。

結婚式にはぜひ出席してほしいこと、式で着るウェンディのドレスのこと、そして……式の後の晩餐会《ばんさんかい》で、ウェンディを養女にすると発表しようと思っていること、などの相談だ。

ウェンディのお母さんからの返事を私も見せてもらった。

そこには、こう綴《つづ》られている。

『父を喪《うしな》って荒れるウェンディを見放すなんて、ひどい母親とお思いでしょう。けれど私は、夫が亡くなったのと同時に、娘も亡くなったのだと思うしかないのです。そこにいるのに、あの子がいない、消えてしまった、と感じたのですから。

夫を喪《うしな》った苦しみが少しずつ癒《い》え、あの時のそんな感覚も今なら元に戻っているかもしれない、とウェンディに会ってみる。そのたびに、やはりいないと感じる……会った日の夜は、娘を捜し回る夢を見る。その繰り返しでした。

式に、あの子の母として参列させていただけること、嬉しく思います。ありがとうございます。ドレスの件はお任せいたします。

そして、その後はどうか、あの子をよろしくお願いいたします』

私はあらためて、ウェンディを家族にすることの責任を感じた。

ライファート様とふたりで、大事に彼女を守っていかなくちゃ。

また私は、ライファート様とふたりで町に出て、ウィンズローの統治に関わる人々に紹介してもらったり、いずれは私が経営に関わることになる孤児院、病院などを見学させてもらったりもした。

大叔母様たちも再び城にやってきて、結婚式の招待客について教えてくれた。

招待状の手配は、私はもちろんライファート様も自信がなかったので、大叔母様たちが大張り切りの大活躍だ。

そして一日の終わりに、ライファート様は私の指先や額《ひたい》や鼻の頭に、キスをする。

全て、順調に行っているように思えた。

時は穏《おだ》やかに過ぎ、秋のバラが咲き始める季節になった。

曇り空のその日、私は離れの掃除をしていた。

ウェンディが離れにあまり人を入れたがらないので、手が回っていないのだ。

オールワークスのフリーターメイドだった私としては気になってしまって、一階の奥の使用人区画から掃除道具を出してくる。

「なんで、そうじなんか」

ウェンディにジト目で見られて、私は磨《みが》き粉でホールの床を磨《みが》きながら答える。

「掃除くらい楽なものよ。だってここでは洗濯もしなくていいし、料理もたまにするだけでしょ？」

すると、ウェンディも形ばかりハタキを振りながら言った。

「ルシエットは、はくしゃくれいじょうなのに、日本にいたときみたいにするんだね」

ぎくっ。

日本にいた時みたいに、というより、ついこの間まで仕事としてやっていたなんて言えない。

ひょっとして、令嬢にしては手際が良すぎる……？

「だ、だってほら、この離れは王子宮と違って小さいから、なんだか一軒家のおうちみたいだなって。私、日本では割と綺麗好きだったのよ、あはは」

「ふーん」

……苦しい。家政婦長に怪しまれないように、掃除のやりすぎには気をつけなきゃ。

「ルシエットは、うまれかわるまえ、いっけんやにすんでたの？」

「ううん、マンションでひとり暮らしだった」

「どくしんだったんだ」

（そうですが何か！）

「ひとり暮らしも楽しかったよ。就職する前までは、一軒家で親と暮らしてたけれどね。ウェンディは？」

「…………」

ウェンディは少し黙っていたけれど、やがて口を開いた。日本語で話し出す。

『マンションに住んでたけど、わたしが三年生の時、お父さんとお母さんが離婚したの。っていうか、お母さんが家を出ていっちゃった』

「そうなの⁉」

『うん。それでお父さんと暮らしてたけど、お父さんは仕事が忙しくて、ほとんど家にいなかった。だから、夏休みとか冬休みはおばあちゃんの家でずーっと過ごしてたんだけど、そのおうちは一軒家。そっちは楽しかったな』

その後、水の事故で死んで、前世の記憶を取り戻してみたらお父さんが亡くなっていたのか……。ハードすぎる。

幸せに、してあげたいな。

私は自分の布バッグから、久しぶりに水晶玉を取り出した。テーブルに布を敷いて載せると、両手をウェンディにさしのべる。

「ねぇ、視《み》せてくれない？　その、おばあちゃんのおうち。ウェンディが楽しく暮らせるように、参考にしたいな」

「え……」

ウェンディはちょっとひるんだようだけれど、やがてテーブルに近寄って椅子に腰かけた。

「私の手に触って」

促《うなが》すと、ベルコートで占いをした時のように、ウェンディは両手とも出す。

指先が、触れ合う。

水晶玉に、七色の渦《うず》が生まれた。やがて色はひとつひとつ分かれていき、光景を映し出す。

「わあ、広い庭！　縁側のあるおうちなのね」

私は、見えた光景を言葉にし始めた。

緑に囲まれた、平屋の家だ。軒下《のきした》には風鈴が下がり、庭の物干《ものほ》し竿《ざお》でシーツが揺れている。

「庭に面した部屋で、ベッドに寝ている人がいる……おじいさん？」

「うん。おじいちゃんのおせわを、おばあちゃんがしてる」

「そうか、庭で遊んでいれば、おばあさんはおじいさんのお世話をしながらユリナのことが見えたのね」

「わたし、なまえ、ゆったっけ？」

「日本で生まれ変わってれば、って話をした時に言ってたよ。可愛い名前だね。あ、私は前世では光希って名前だった。光に希望の希で」

「ふーん。わたしは、むすぶに、くだもののナシに、ナラのナ」

結梨奈か。やっぱり可愛いな。

「あ、猫が二匹もいる」

「うん。ネネと、ココ。おばあちゃんのねこ」

「動物、好き？」

「すき」

おお、いい話を聞いた。ライファート様が良ければ、動物を飼うのもいいな。ウェンディ、落ち着くかもしれない。

そろそろ終わりにしようか、と思った時、ふとウェンディが顔を上げた。

「あ。雨」

窓ガラスに、ぽつぽつと水滴が当たっている。

ウェンディはその様子を見つめながら、黙っていた。水が嫌いな彼女は、やはり雨もあまり好きではないのかもしれない。

その時――

のどかな光景が、ザザッ、とぶれた。

あれっ、と意識を集中させる。

（緑に囲まれた建物……結梨奈のおばあさんの家、だよね）

「――違う……？」

私はつぶやいた。

水晶玉に映る光景が、変わっている。駅だ。街路樹の向こうに、鉄道の駅が見えた。

誰かが改札から中に入っていく、その視界を共有している。

ホームには列車が停まっていて、先頭車両の脇に車掌《しゃしょう》さんが立っていた。そして、目の前で列車に乗り込もうとしている女性は、外出用のドレスを着ている。

ホームの看板には、『ルザリウム中央駅』と記されていた。

(ここは、日本じゃない。ノーザンシアだ!)

「なんで……? ウェンディ、あなたの前世を視《み》ているのに……王都の駅が視《み》える」

つぶやいた、その瞬間。

バッ、と、手が振り払われた。

すうっ、と水晶玉の光景が視《み》えなくなる。

私は驚いて、前のめりになっていた身体を起こした。

テーブルの向こうで、ウェンディが立ち上がっている。

その表情は、さっきまでの少しすねたような、でも落ち着いた表情とは一変していた。血の気が引いて白くなったその顔には、怒りと恐怖、そして警戒が表れている。

彼女の口から叫ぶような声が漏れた。

『よけいなことしないで!』

「ウェンディ、待って、わからない……なんなの?」

私も、テーブルに手をつきながらゆっくりと立ち上がる。

何かが、おかしい。

一度そう思うと、これまで何度か覚えた違和感を思い出す。

他の人の時はそんなことないのに、ウェンディの前世を視《み》ていると、妙に姿が見えにくくなったり人影がダブったりすることがあるのだ。

私は、テーブルの上の水晶玉を手に取った。

人の前世は、ガラスや水面に映って見える。

水晶玉を持ち上げ、ウェンディの姿が映り込むように調整した。

『何、してるの』

ウェンディが一歩、後ずさる。

私は、いつもよりも深く集中した。

(何が隠されているのか、見抜かなくちゃ)

大きく一歩、前に出た私は、ウェンディの肩に手を伸ばす。直後に振り払われ、逃げられた。

けれど、その一瞬で、私は視《み》た。

水晶玉には、ツインテールのウェンディと長い黒髪の結梨奈が、はっきりと映る。そしてその向こうに、もうひとつの人影が映ったのだ。

金髪の、細身の中年女性。胸元を編み上げた上着と、花模様の刺繍《ししゅう》の入ったエプロンは、ノーザンシア北部の民族衣装だ。

「……結梨奈じゃない人が、視《み》えた」

『視《み》ないで』

ウェンディの声が震えた。

水晶玉を下ろしながら、私は混乱する。

「ウェンディの前世が、結梨奈でしょう？　どうしてもうひとり？　日本の人じゃない、こちらの世界の人だわ。今の人は誰？」

『知らない！　わたしはわたしなんだから！』

ウェンディが叫ぶ。

『水晶玉なんていいから、わたしを見てよ！　ここにはひとりしかいないでしょ⁉』

（ううん。ダメだよ結梨奈……私は、あなたが抱えているものから逃げるわけにはいかないの）

心臓がうるさいくらいに鳴っているのを感じながら、どういうことなのか必死で考える。

金髪の女性は、ウェンディに触った時に水晶玉を通して視《み》えたのだから、普通に考えたらウェンディの前世だということになる。でも、今まではウェンディに触ると結梨奈が視《み》えていたのもまた、確かだ。

ウェンディには、前世がふたつある？　前世の、そのまた前世も同時に視《み》えているとか？

今までの占いのお客さんで前世がふたつ視《み》えた人なんていなかったのに、ウェンディだけそんなふうに視《み》えるなんて、ありえるだろうか。

（……他の人と同じように考えてちゃ、いけないのかもしれない）

日本人の記憶を持っているのは、今のところ私と結梨奈だけだ。この世界では普通じゃないことなんだから、他の人には起こらないことが私たちふたりには起こってもおかしくない。

そう思えば、ウェンディには他にもおかしな出来事があった。結梨奈の記憶が、ウェンディのお父さんが亡くなった直後に突然よみがえったことだ。

そして同時に、ウェンディのお母さんは「娘が消えてしまった」と感じたと言っている。幼いウェンディの人格に前世が強く影響してしまったせいだと思っていたけれど……

もし、そうじゃなかったら？

(姿はウェンディなのに、中身が結梨奈にガラリと変わってしまった……それって……)

聞いて、確かめなくては。

「結梨奈、ねぇ……あなたにしてみたら、日本で命を落として、次に気づいた時には三歳のウェンディだったのよね」

私は彼女から目が離せないまま、震える声で尋ねた。

「もしかしてあなたは……ウェンディの身体に乗り移ったの？」

それは、転生じゃない。憑依《ひょうい》だ。

私はさらに続ける。

「ウェンディは、どこ？」

「わたし、ウェンディだよ。しってるでしょ」

彼女は挑戦的に、私をにらみつけた。そして続ける。

「おじさんにへんなことゆったら、わたし、けっこんはやっぱりやめてってゆうからね。ルシエットはけっこんしたいでしょ？　おじさん、すごくよろこんでたし。けっこんしき、ノーザンシアの王族もくるんだってね」

「待ってウェン――結梨奈、それよりあなたの話のほうが大事だからっ。ちゃんと話」

「うるさい！　このままでいいの！」

ウェンディは怒鳴り、くるりと身を翻《ひるがえ》すと、階段を駆け上がった。

「待ってってって！」

私はすぐに後を追いかける。けれど、ウェンディは鍵のかからない自分の部屋ではなく、隣の使われていない客室に飛び込んで、鍵をかけてしまった。

私は扉を叩きながら呼びかける。

「結梨奈、ねぇ、話そう！　私、あなたの嫌なことをしようとしてるわけじゃ」

『そうやって色々聞いてくるのが嫌。あっち行って！』

「話をさせて！　今、あなたは大丈夫なの？」

なんとか聞こうとしても、彼女は部屋から出てこない。少し時間をおいて、また話しかけてみたものの、返事はなかった。

時間は刻々と過ぎて、お昼になる。家政婦長を呼ばないと、何かあったと思われそうだった。

それは、あの子が望むことだろうか？

とにかく、彼女が落ち着かないと話ができない。

私は、いったん離れを出ることにした。ウェンディの部屋から、王子宮に繋がっているベルを鳴らす。

頭の中でぐるぐると考えながら階段を下り、玄関の扉を開けた。

おそらく、結梨奈はウェンディの前世ではないのだろう。

結梨奈は十一歳で死んだ後、魂《たましい》の状態でこちらの世界に来て、ウェンディに憑依《ひょうい》してるんだ。

だから、元々こちらの世界にいたウェンディという女の子には、別に前世がある。それが、あの金髪の女性だ。

（私、幽霊を、前世と勘違いしてしまってたんだ……！）

「ルシエット！」

鋭い声に、ハッ、と顔を上げる。

雨の中、ライファート様がこちらに駆け寄ってくるところだった。

「どうした。何があった？」

ライファート様、と言いかけて、唇が震える。

どうしていいかわからなくなった私は、その場で顔を覆《おお》って、泣き出してしまった。


「――幽霊、か」

私の説明を聞いたライファート様は、うなるようにつぶやいた。

私たちふたりは今、図書室にいる。ソファに並んで腰かけ、ライファート様は私の右手を握ってくれていた。

私は自分のことも含め、洗いざらい正直に話す。

自分の前世と結梨奈は、この世界にはない国の出身であること。そして、結梨奈がウェンディの前世だと思っていたのに、どうやら違うらしいこと。

結梨奈はライファート様に話してほしくなさそうだったけど、そういうわけにはいかない。

私ひとりで抱え込むには、問題が大きすぎる。

結梨奈がウェンディでないのなら、その身体はウェンディに返さなければならない。そして私は、ウェンディだけでなく結梨奈にも幸せになってもらいたいのだ。

「小さな違和感は……前にも、あったんです」

私は、まだ少ししゃくりあげてしまいながら、話す。

「ウェンディに関しては、そういうものを、見逃しちゃいけなかった。変だと思った時に、ちゃんと向き合わなかったから、こういうことに……ごめんなさい……」

「ルシエット」

ライファート様が、握った手に力を込める。

「話してくれて、ありがとう。君は、その力を気味悪がられたことがあると言っていた。異なる世界の国のことなど、ますます言い出しにくかっただろうに」

「ライファート様……」

優しくされると、涙が止まらない。唇をかみしめて、涙を止めようと必死になっていると、ライファート様が一度立ち上がって、水差しの水でハンカチを濡らして持ってきてくれた。

「腫《は》れて辛そうだ。目を冷やしなさい」

私は言われたとおりにする。ライファート様の手が私の肩に回り、胸に抱き寄せられた。

低い声が響く。

「私こそ、二年の間、気づくことができなかった。そうか……あの子は、ウェンディではなかったのか」

「仕方のないことです。ライファート様があの子と初めて会ったのは、お兄様の葬儀の時なのでしょう？　その時にはもう、あの子は結梨奈だったんですから、気づきようがありません」

私は、目を冷やしたまま深呼吸した後、さらに言った。

「ウェンディは、消えてしまってはいません。あの子の中にいます。結梨奈の気が緩《ゆる》んだ時に、表に出てきているんだと思うんです。だって、水が苦手なはずなのに、池のそばにいたことがあったから」

本当に、どうして気づかなかったんだろう。

池のそばにいたのは、ウェンディ本人だったんだ。彼女は不思議そうに「きんいろ」とつぶやいた。池に近づいて、水面に映る金色のもの——自分の前世、金髪の女性を、視《み》ていたのかもしれない。幼いころの私のように。

「そうか。水が苦手なのはユリナで、ウェンディはそうではない、ということなんだな。水の事故で死んだのはユリナなのだから」

ライファート様は考え込みつつ続ける。

「なぜ、ユリナはウェンディの中にいるのだろう？　彼女は生まれ変わることがないのか？」

「わかりません……。……あ」

思い出したことがあって、私はいったん、ハンカチを下ろした。こんな目じゃみっともないけど、そんなこと言ってられない。

「そういえば、前に不思議なことを言っていました。ライファート様と初めて会った時、この人のそばにいないといけない、と思ったんですって。理由はわからないそうです」

「私のそばに？」

ライファート様は眉根を寄せる。

「もしも、私が原因でユリナがウェンディの中に留まっているなら、困ったことだな。ユリナが生まれ変われるならば、ウェンディは元のウェンディになり、母親のところに帰れるかもしれないということだろう？　どうすればいいのか……私が突き放せばいいのだろうか」

「ま、待ってください。それでは結梨奈が孤独になってしまいます！」

「うむ」

ライファート様が私の髪を撫でる。

「私も、そうしたいわけではない。私はあの子を大事に思っている。今の、あの子をだ。冷たくしたいはずがない。……しかし、このままにはしておけない」

「……はい……」

私は途方に暮れて、ライファート様の胸にぐったりともたれた。

ウェンディの身体は、ウェンディのもの。結梨奈が憑依《ひょうい》しているのであれば、ウェンディとその
お母さんが可哀想すぎる。
でもだからといって、結梨奈を孤独にはさせられない。
彼女はお母さんが家を出てしまい、お父さんにもどうやら育児放棄気味にされていたらしい。長
期休みにおじいさんおばあさんの家に行くのを楽しみにしていた、そんな子だ。
力になりたい。どうしたら、助けられるだろう。
結梨奈もウェンディも。
私は身体を起こし、ライファート様を見た。
「占いの時にも申し上げましたが、世界には、死んだ人は次の世に生まれ変わるという大きな流れ
があるのだと、私は考えています。結梨奈がその流れに乗りたくなくて今の状態になっているの
か、乗りたくても乗れないのか、まだわかりません。とにかく、なんとかしてもう一度、話をしな
いと」
「うむ。……私も、話してみよう」
「えっ」
驚いて見つめ返すと、ライファート様は言う。
「知らないふりはできない。彼女がウェンディではないと知った上で、私はユリナを大事に思って
いると伝えなくては。どうすればいいか、私たち三人で考えよう、と」
「はい……」

また、涙がこぼれてしまった。

この方と結婚できたら、何かあった時でも、こうして安心できるだろう。この方と一緒なら大丈夫だ。

きゅっ、と、切ない気持ちになった。繋いだままの手に、力をこめる。

「ライファート様……私――」

――あなたが好きです。

そう言いたかったけれど、言えなかった。私にはまだ、この城に居場所がない。ライファート様の隣に立つ資格がないのだ。

ライファート様の指が、私の目尻を拭《ぬぐ》う。

「これから、私がひとりで会ってみる。ルシエットは、部屋で待っていなさい」

「はい……」

「可愛い婚約者殿。目を、きちんと冷やすのだぞ」

そしてまぶたに、口づけられた。

私は、肩に載っていた重いものが、少し軽くなった気がした。

部屋に戻り、私はひとまず自分で着られるドレスを選んで着替えると、窓から外を眺めた。空は重く雲が垂れこめたままだ。

心配だけど、ライファート様なら、きっといいようにしてくださる。

書き物机の椅子に腰かけてあらためて目を冷やしている時に、ノックの音がした。返事をすると、メイドのディジーが入ってくる。

「あ、ルシエット様、お着替えが遅れまして」

「ううん、大丈夫。自分でできたわ」

心配させたくないので、本を読むふりをしてディジーから赤くなった目を隠す。何も気づかない様子のディジーは続けた。

「お手紙が来ています」

「あ、ありがとう……棚の上に置いてくれる？」

私は、彼女が出ていってから、棚に近づいた。

そういえば、母からたびたび来ていた手紙の間が少し空いている、きっと母からだろう。

けれど、手に取ったとたん、私は息を呑んだ。

差出人が、母のいる別荘の管理人夫妻の名前だったのだ。急いで開く。

『ルシエット様
ミルディリア様が、少々具合が悪くていらっしゃいます。

遠路でございますし、お忙しいことも重々承知しておりますが、一度、おいで願えませんでしょうか』

「……お母さん」

一瞬、頭の中が真っ白になった。

（どんどん回復してるって言ってたのに。どうして？　少々って、どのくらい悪いの？　まさか……）

ぐるぐるとめぐる嫌な想像に呑み込まれそうになる。私はスパァンと、両手で勢い良く自分の頬を叩いた。

「バカなこと考えるんじゃない、『一度』来てって書いてある。危篤状態だったらむしろこんな手紙寄こせないわ。落ち着いて」

母に何かあったら、グレンフェル家とリンドン家の縁談はぶちこわしにしてやる、と、父には言ってある。

だから父は、母の様子を常にチェックしているだろう。

母や、この管理人夫妻から私にあてた手紙も、何らかの方法で中身を読んでいるに違いない。

つまり、母の具合が本当に悪くなったとして、そのことを父が知ったら私に隠そうとするはずだ。

それなのに、この手紙は止められることなく私のところまで届いた。

何か、事情が変わったのかもしれない。

「そうだとしても、帰らなくちゃ」

とにかく、母のところに行かなくては何もわからない。

ウェンディのことと母のこととの間で、気持ちが引き裂かれそうだ。

でも、ことは母の命に関わるかもしれない。急ごう。

そう決めると、私は即座に部屋を飛び出した。廊下を使用人用の階段まで走る。

「ディジー！」

「は、はい⁉」

階段に続く扉を開けたところだったディジーが、驚いた顔で振り返った。私は急いで尋ねる。

「明日の、ビレッズ発の汽車は何時？」

「え、ええっと、明日なら……昼の一時だったかと」

ビレッズは山の向こうの町だ。そこまで行けば汽車に乗れる。

「今から馬車でペリネの町までいけば、その汽車に間に合うわね。支度して！」

「ルシエット様、一体何が」

驚いて表情が固まってしまっているディジーに、私は声を和《やわ》らげる。

「母がちょっと、体調を崩しているみたい。お見舞いに行きたくて。ごめんなさい、気が急《せ》いてしまって」

「まあ……！　かしこまりました、すぐに馬車の手配を」

ディジーはうなずき、階段を駆け下りていく。

私は少し考え、いったん部屋に引き返した。そして布バッグを手に取って再び部屋を出ると、ホールへの階段を駆け下りて中庭に飛び出す。

陽が傾き、薄暗くなった中庭に、灯りのついた離れの窓が浮かび上がっていた。けれど、灯りがついているのは一階だけで、二階の窓は全て真っ暗だ。

扉を開けると、ちょうどライファート様が離れのホールで、執事と家政婦長に何かを命じているところだった。

「ルシエット？」

私の表情を見て良くないことがあったと察したのか、ライファート様が表情を引き締める。

「私が呼ぶまで、離れに人を入れないように」

彼は執事と家政婦長にそう命じてから、ふたりを下がらせた。

「どうした？」

「母の具合が、悪いようなんです。心配で……」

手紙のとおりに話すと、ライファート様はうなずく。

「行きなさい。汽車の時間は？」

「今夜のうちにペリネまで行っておけば、明日、ビレッズの昼の汽車に間に合いそうです。申し訳ありません、こんな時に」

「彼女はわかってくれるだろう。私も口添えする」

私たちはふたりで、階段を上った。ライファート様は上がりきったところでいったん立ち止まり、私はウェンディがこもっている客室の前まで行く。

そっと、ノックをした。返事はない。

「ウェンディ。……結梨奈」

呼びかけて、少し待ってから、私は続けた。

「私、急な用事ができて、実家に戻ることになったの」

カタン、と、部屋の中で小さな音がする。椅子が動いたのか、もしくは何か小さな物を落としたのだろう。

そして、声がした。

「ルシエットも、乳母《うば》たちとおなじで、いっちゃうんだ」

「ううん。母のお見舞いに行くだけよ、ちゃんと戻ってくるわ」

「もどってこなくていい。けっこんも、やめちゃえばいい。あいたくない」

感情のこもらない声に、私は答える。

「私は、あなたに会いたい。話もしたい。何日後、とはハッキリ約束できないけど、必ず戻ってくるから……その時には一緒に話そう」

「ウェンディ、ルシエットの言っていることは本当だ。私とともに、ルシエットを待とう」

歩み寄ってきたライファート様も、声をかけてくれた。

……ウェンディの返事はない。

私は、手にしていた布バッグを持ち直した。

「ねぇ、お願いがあるの。水晶玉を預かってもらえない？　前にも言ったけど、ウィンズローのお城の人には、私が占い師をやってたことを秘密にしてるの。水晶玉を部屋に置いておくと、お掃除の時に見つかっちゃうかもしれないし、荷物になるから実家には持っていけないし。大事なものだから、あなたに預かっていてほしい。お願い」

「………………」

「扉の横に、置いておくから」

布バッグごと水晶玉を、扉の脇に置いた。

私の大事なもの。

そして、私とライファート様と結梨奈しか知らない秘密。

この水晶玉が、私が必ずここに帰ってくるという約束になれば……

「それじゃあ、行ってくるね」

後ろ髪を引かれる思いで扉を離れ、私はライファート様と玄関ホールに下りた。

「あの……」

「ルシエット」

不意に、ふわり、と抱きしめられる。

耳元で、ライファート様の声が聞こえた。

「もうずっと、そばから離さないつもりだった。……しかし、君の大切な人のためなら、仕方がない」

「ライファート様――」

私の口から思わず言葉がこぼれる。

「ライファート様も……私の、大切な人です」

「ルシエット」

私を抱く腕に、力がこもる。ドキドキしながら、私も抱きしめ返した。

「彼女を、よろしくお願いします」

「ああ。……待っている」

ライファート様はそっと腕を緩《ゆる》めると――

私の額《ひたい》に、口づけた。

第五章　ピンチの時、とんでもない助けがやってきました

辺境伯領ウィンズローから、グレンフェル家の領地アルスゴーまでは、普通のペースで馬車と汽車を乗り継いで三日かかる。

けれど、急いでいた私は夕方にウィンズローを出て山の麓《ふもと》のペリネの町まで行き、翌朝一番に馬車で山越えをした。昼には山向こうのビレッズから汽車に乗り、乗り換え駅で一泊、翌日の昼前にはアルスゴーに着く。

母が療養しているのはグレンフェル家の別荘なので、本家には寄らず、町で馬車を雇って森の道に入った。

別荘は二階建てのこぢんまりしたもので、紅葉の始まった木々に囲まれて建っている。

御者《ぎょしゃ》が馬車の扉を開くのももどかしく、私が屋敷に飛び込むと、物音に気づいたらしい管理人のおじいさんが玄関ホールに出てきたところだった。

「ルシエット様！　お戻りくださいましたか」

「あの、母は!?」

「ええ、ご無事です。ですが……」

おじいさんは申し訳なさそうに、眉を八の字にする。

「とにかくミルディリア様のところへ」

「ええ」

私はおじいさんに案内され、二階の寝室に向かった。

そっと扉を開けると、母はベッドにいた。身体を起こし、枕に寄りかかって本を読んでいる。彼女はすぐに私に気づき、目を見張った。

「ルーシー!?」

「お母さん、具合どうなの!?」

駆け寄った私は、母の顔や手を触って様子を確認しながら聞いた。母はまだ驚きを表情に残しながらも微笑《ほほえ》む。

「ああ、久しぶりに発作があってね。でも、軽いものでたいしたことなかったのに。誰かが知らせたの？」

「管理人のおじいさんとおばあさんから手紙をもらったの。それで、びっくりして」

私は、母がごく普通に話している様子を見て安心し、なんだか気が抜けてしまった。強行軍の疲れがドッと出て、椅子に崩れるように座る。

「無事で良かった……」

「なんだかあなたのほうが辛そうよ。お茶を持ってきてもらいましょう」

母は階下に繋がっているベルの紐《ひも》を引く。

私は帽子を取りながらため息をついた。

「急いで来たんだもの、あんまり寝てなくて……あと、少し乗り物酔いしちゃった。すぐに良くなるわ」

ウィンズローを出てから、コルセットすら外していない。

つけ外しを手伝ってくれる人がいないのだからしょうがなかった。いつもより緩《ゆる》めにはしているけれど、具合も悪くなるというものだ。

久しぶりの再会に、母は嬉しそうに私を見つめる。

「半年ぶりになるかしら。少し太った？」

「うっそ、マジ⁉」

うっかり出た下町言葉に、母の声が氷点下になる。

「ルーシー」

「ごめんなさい間違えました、そうですかしら、お母様？　お母様こそ、ふっくらと健康的になられて」

「まったくもう」

私たちは笑い合った。母の手が、結い上げた私の髪を軽く押さえるようにして撫でる。

「ウィンズローではうまく行っている？　手紙では話せないこともあるでしょう」

「う、うん、まあ」

ウェンディと結梨奈のことで、心の底から悩んでいるけれど、心配をかけたくない。私はもうひとつの気になる話をした。

「あのね、もちろんお母さんの体調が心配で来たんだけど、そういうことを知らせる手紙が届いたことにもびっくりしたわ」

母は片手を頬にあてる。

「そうよねぇ。私の具合が悪くなったなんて手紙、リカードが気づいたら握りつぶすに決まってるし」

「気づいてないのかしら？　たまたま見逃したの？」

私がそう言った時、ノックの音がした。

すでに用意してくれていたのか、管理人のおばあさんが、お茶のセットのワゴンを押して入ってくる。

そしてなぜか、その後ろからおじいさんも入ってきた。

「失礼します。お帰りなさいませ、ルシエット様」

おばあさんが頭を下げた。けれど、ポットからお茶を注ごうとはしない。

「どうかした？」

母がふたりを見ると、おじいさんが硬い表情で言った。

「ルシエット様がお戻りの今、お話ししたいことがございまして。ここに、厨房《ちゅうぼう》の手伝いの娘を呼んでもいいでしょうか」

「……？　どうぞ」

母がうなずくと、おじいさんが扉の外に「入りなさい」と声をかける。

すぐに十代半《なか》ばくらいの、若い女の子が入ってきた。ワンピースにエプロン姿でそばかす顔の彼女は、おどおどと目を泳がせている。

おじいさんは、厳しい表情で口を開いた。

「調理助手として雇っている娘です。ルシエット様に教えていただいた、ミルディリア様のハーブティ用のハーブに、彼女が何か混ぜ物をしておりました」

「えっ？」

私はその女の子を見た。女の子は目をギュッとつむってうつむく。

母のハーブティは、下町時代の私が育てたハーブをブレンドしていて、ウィンズローに向かう前に管理人夫妻に渡してあったものだ。ブレンドの仕方はおばあさんに教えてあって、私が渡したものを使い切った後はおばあさんが作ってくれている。

おばあさんがカップにお茶を注いだ。そして申し訳なさそうに縮こまる。

「この、ハーブティがそうです。近ごろ、ミルディリア様の咳《せき》が増えたように思っておりましたら……。しばらく気づかなかったのです、申し訳ありません」

私はカップを手に取って、香りを確かめてみた。すぐにその香りに気づく。

「喉への刺激になるハーブが入ってるわ」

このハーブティを作るまでに、色々人に聞いたり自分で試したりしたのだ。喉にまつわる効果を持つハーブならすぐにわかる。

おじいさんに促《うなが》され、女の子は震える唇を開いた。

「ハ、ハリエラ様が、ハーブをお持ちになったんです。喉によく効くハーブを手に入れたけれど、とても高価なもので、ミルディリア様はきっと遠慮なさるから、な、内緒で混ぜて、って……。まさか、具合が悪くなるなんて」

涙声になった女の子は、その場でいきなり膝をつき、土下座した。

「申し訳ありません……！」

私は母を見た。

母は私に視線を返してうなずき、管理人夫妻にもうなずきかけてから、口を開く。

「ハーブは、人や病状によって、合う合わないがあるの。ハリエラ様が選んでくださったものは、私の喉には残念ながら合わなかったのね。病人に飲ませたり食べさせたりするものは、本人や家族に確認しなくてはダメよ」

「はい……はいっ……本当に、申し訳……」

「命に関わるものではなかったことが、幸運だったわね。私にとっても、あなたにとっても。下がっていいわ」

母は、女の子を罰しはしなかった。彼女はおじいさんに助けられ、よろけながら立ち上がると、もう一度深く頭を下げて出ていく。

母はベッドで、軽く肩をすくめた。

「ちょっと、味が変わったなとは思ったのよ。最初の二回くらいは飲んだけれど、やっぱり変だと思って、実はその後は窓から捨ててたの」

「まあ」

おばあさんは胸を押さえて息を吐き出した。

「気づいたなら言ってよ！」

そう私が詰め寄ると、母はしょんぼりと答える。

「ごめんなさい。少し、様子を見ようと思ったのよ。発作も軽かったし、もう飲まなければ大丈夫そうだしと思って」

母は、ウィンズローにいる私に心配をかけるほどではない、と思ったんだろう。

そばにいられなかったことがもどかしい。

管理人夫妻は顔を見合わせてから、私に言った。

「てっきり、何度もお飲みになっていると思ったので、病状が進行してしまったかもと思い……動転してルシエット様にお手紙を差しあげてしまいました」

この手紙に限って私に届いたのは不思議だが、知らせてもらえたのはありがたい。

「もちろんそれでいいの。大ごとにならなくて良かったわ」

私がそう答えると、母もうなずいた。

「ハリエラ様に言われたのなら、疑いもしなかったでしょう。あまり、強く罰しないであげてちょうだい」

「はい、ありがとうございます」

管理人夫妻は少し落ち着いた様子で表情を緩《ゆる》め、新しくお茶を淹《い》れ直《なお》してから部屋を出ていった。

「でも、どうして？　お母さんに何かあったら、私とライファート様の結婚はぶちこわしよ。ハリエラ様だって困るはずなのに」

つぶやいて、私は首を傾《かし》げる。

まさか、どこか他から援助を受ける手はずがついたの？　それで借金がなんとかなっちゃったから、もう私と母は用済みになった？

いや、そんな一時のことだけで辺境伯との繋がりを切ろうとするとは思えない。

例えば、ロレッタが辺境伯より上の地位の人と結婚するなら、私は用済みになるかもしれないけど、辺境伯より上は王族レベルだ。

アルスゴー伯爵令嬢程度でそこまでの良縁を得ることはなかなかない。万が一そんなことがあれば、とっくに噂になっているだろう。

そう考えていると、母が姿勢を正す。

「あのねルーシー。一昨日《おととい》、ハリエラ様が初めてお見舞いに来たの」

「お見舞い!?　それってつまり、ハーブの効果を確かめに来たってことじゃないの？」

私の言葉に、母がうなずく。

「私も、ハーブティの味が変わったことと考え合わせて、おかしいなと思ったから、ちょっと具合の悪いふりをしてみたの。ハリエラ様は同情たっぷりといった感じで、お大事にと言って帰っていかれたわ」

「つまりハリエラ様は、混ぜ物をしたハーブティの効果が出たと確信している状態なのね？」

私はしばし考え込む。

「……お父様は、今回の件に関わっているのかしら」

「気になるわね。リカードが関わっているのなら、私の病状についてのあなた宛の手紙を、彼はわざと見逃したということかしら？　でも、手紙の管理はハリエラ様がしていて、彼女が勝手に動いているのかもしれないし」

母も眉根を寄せている。

「本家に行って、様子を探《さぐ》る必要があるわね。明日にでも、行ってくる」

私は母にそう宣言した。


客室に入った私は、ライファート様に急ぎ手紙を書いた。

母が無事だったことを知らせなくてはならない。

ひょっとしたら、この手紙もグレンフェルの本家の誰かに内容を知られてしまうかもしれないことは配慮する。

母の話では、私から母への手紙が届く時は一度本家に届いてから別荘に来るのだそうだ。

アルスゴーの郵便局に何か言ってあるのかもしれない。

それに、本家の使用人がちょくちょく別荘に来て、送る手紙があれば預かりますよ、と母が書いておいた手紙を勝手に持っていってしまうとか。

人に読まれて困ることは書けないので、結梨奈の名前は書かないようにした。

急に出発してしまって申し訳なかったこと、母の病状は重くはなかったこと。ウェンディの様子はどうか、とても心配していることだけを綴《つづ》る。

（……これだと、また「ウェンディのことばかり」って言われるかな）

ふとライファート様の顔が思い浮かぶ。

浮世離れした方だけど、まっすぐで、ごまかしがなくて、大事なものを本当に大切にしてくれる人……。

私は少し考えて、『ライファート様とウェンディに、早く会いたい。こちらの件が済んだら、急いで戻ります』と結ぶ。

手紙は管理人のおじいさんに託し、気休めかもしれないけれど本家の人には渡さず直接郵便局に持っていってくれるよう頼んだ。

その日の夜、私は母の部屋で、ふたりで夕食を食べた。そして、ウェンディの身に起こっていたことを話す。

「――そんな時にあなたを呼び出してしまって、ウェンディ……いえ、ユリナ、だったわね。彼女には悪いことをしたわ」

母は眉をひそめる。

「ルーシー、その上あなたは明日、本家でハリエラ様の件と向き合わなくてはならないなんて。全く、ハリエラ様もよけいなことをしてくれて」

「さっさと片づけてウィンズローに戻るわ。ライファート様がいらっしゃるから大丈夫だとは思うんだけど、やっぱり心配で」

答えると、母は微笑《ほほえ》んだ。

「ライファート様を信頼しているのね。素敵な方みたいで良かった」

「私の変なところをそのまま受け止めてくださって、全然、気味悪がらないの。あんな人がいるなんて思わなかった」

「素敵じゃない！　好きになれそう？」

「……うん」

私はつい、素直にうなずいてしまい、あわてて両手を振る。

「あっ、でも、お母さんに何かあったら破談にしようって、今でもそう思ってるからね。一番大事なのはお母さんなんだから」

本当にそう思っているのに、なんだか嘘をついている時のように、胸が苦しい。

「ばかね」

母は困ったように笑った。

「もうすっかり、あなたとライファート様のふたりでウェンディを可愛がっているのに」

ドキッ、とする。

そう……もう、あの子を放り出すなんてできない。

お父様やハリエラ様が私に何をしようと、ライファート様とウェンディ、そして結梨奈のそばにいたい。

母は軽く、自分の胸を叩いた。

「私は大丈夫、すぐに良くなるわ。また何かあったら、ここから逃げ出して利用されないようにします。あなたはライファート様を頼りなさい。……愛しているのでしょう？」

「そ、そんなの、まだよくわからないよ」

恋をしている、と思う。

でも、愛という言葉は恋とはまた違って、とても重みを感じる。私にそんな言葉を使える時が来るのだろうか？

それに、そう、ライファート様と結婚するのには前提条件がある。

「ライファート様が一番大事にしてるのはウェンディだから、私とウェンディがうまくいかなかったら、元々この結婚話はなかったことになるのっ」

「えー」

「えー、じゃないっ。これは私もライファート様も納得ずくなんだから。ほら、ちゃんと食べて！」

母は、久しぶりに賑《にぎ》やかに話をしたせいか、疲れた様子を見せ始めていた。食べやすいものを中心に食事を終え、私は寝支度を手伝う。

「お母さん、明日はゆっくりしてね。私、本家でハリエラ様に会ったら、ここにちゃんと戻ってくるから」

「ええ……気をつけてね、ルーシー」

「もちろん。おやすみ」

ランプの灯りを落として、私は母の部屋を出た。

自分の客室に戻り、自分で着替えをする。ディジーがいないのが、なんだか寂しい。

もちろん、ディジーだけじゃない。家政婦長や従僕、メイドたちの、私を温かく受け入れてくれていた顔も、ここにはないのだ。

何より、ウィンズローでは毎日、ライファート様が「求愛行動」をしてくださった。

変な行動ばかりだったけど、なくなってしまうとこんなに、寂しい。

そして、ウェンディ——結梨奈。せっかく距離が近づいてきたと思ったのに、あんなことに……

仕方がないとはいえ、彼女が隠していたことを暴《あば》いて、ライファート様に話してしまった。あれからふたりはどうしただろう。

ライファート様は決して、彼女を疎《うと》んじることはないと思うから、そこは心配していない。

でも、結梨奈が転生せずに幽霊のままウェンディにとりついてしまっているのだとしたら、その理由が気になる。それが彼女の本意でないなら、とても辛いだろう。

早く、話を聞きたい……

その日の夢は、ランドセルを背負った女の子が見知らぬ町で迷子になり、泣いているというものだった。

翌日、呼んでもらった馬車に乗って、私はグレンフェルの本家に向かった。

しばらくウィンズロー城で過ごした後だと、アルスゴー伯爵邸がとても現代的に見える。管理人のおばあさんに手伝ってもらって都会風のドレスを着てきたのは、正解だった。辺境風のドレスでは浮いてしまっただろう。

美しく手入れされた庭園を抜け、玄関の前で馬車を降りると、すぐに執事のライルズが出てきた。

彼は目を見張る。

「ルシエット様⁉　ウィンズローにいらっしゃるはずでは……？」

（何よ、ここに来ちゃおかしい？　もうウィンズローから出てくるなっていうの？）

ちょっとイラッと来た私は、ツンとして答える。

「用事があれば、こちらに来ることもあります。お父様はどちらに？」

ずい、と玄関ホールに入っていくと、後からあわててライルズがついてきた。

「いえ、その、知らせが行かなかったのでしょうか⁉」

「……なんの？」

私は足を止め、振り向く。ライルズは目を泳がせていた。

「てっきり、ルシエット様に会うために行かれたのだとばかり……」

「待って」

私は息を呑む。

「お父様は、ウィンズローに行かれたの？　いつ⁉」

「昨日の、昼過ぎの汽車です」

ライルズはしどろもどろだ。

「ハリエラ様と、ロレッタ様もご一緒です。ルシエット様とライファート様のご結婚のことで、と伺ったので、まさかルシエット様がこちらにいらっしゃるとは」

(ハリエラ様が母の様子を見に来たのが、三日前だ。その翌々日に、ウィンズローに向かって出発?)

私が列車でアルスゴーについたのが、昨日の昼前。その汽車は点検の後、昼過ぎにウィンズロー方面へ出発する。グレンフェルの一家はそれに乗ったのだろう。入れ違いだ……!

来るなんて、一言も聞いていなかった。とにかく、関係者が誰もいないなら、ここにいても意味がない。

それどころか、一刻も早く戻ったほうが良さそうだ。

「連絡が行き違ったようね。ハリエラ様とロレッタも、ライファート様にご挨拶に行ったのでしょう。私は別荘のお母様に用事があって来たので、お父様にもご挨拶をと思っただけ」

私はさらりとごまかすと、グレンフェル家の馬車を出してもらい、いったん母のいる別荘に戻った。

ことの次第を説明すると、母は表情を引き締める。

「ルーシー。すぐにウィンズローに戻りなさい」

「うん。私もそうしたほうがいいような気がする」

「グレンフェルの一家が、私の具合が悪いのを確かめてからウィンズローに向かったなんて、嫌な予感しかしないわ。いい、ルーシー」

母は私の手を握る。

「あなたとライファート様には、信頼関係がある。ユリナともぶつかり合って、お互いをよく知っている。お父様やハリエラ様が何を言っても、あなたの『家族』を信じるのよ」

私は、母の手を握り返した。

「……わかった。ありがとう、お母さん」

翌朝、母に見送られ、私は再びアルスゴーを出発することになった。馬車で駅まで行き、昼過ぎの汽車に乗る。

今日あたり、お父様たちはウィンズローに着くだろう。いったい何をしに行ったの？

窓から見える田園風景はのどかだったけれど、私の胸には不安が渦巻《うずま》いていた。

強行軍でその日、山の麓《ふもと》で一泊した私は、翌日の朝に馬車で出発した。しんどい山越えをし、木々の切れ間からウィンズロー辺境伯領が見えてきたのは、昼を過ぎたころだ。

緑の丘の上に、赤い石の城砦が見えた。初めてここに来た時は、ライファート様が大きな馬車で迎えに来てくださったのだ。たった半年前のことなのに、なんだかもう懐かしい。

入城門をくぐり抜け、中庭に入ってすぐの王子宮の玄関先で馬車を降りる。

王子宮に入ろうか、それともバラ園の奥の離れに先に行こうか、一瞬迷った。

そのバラ園から、背の高い人が姿を現す。

「ルシエット！」

ライファート様が、私を見て軽く目を見開いた。私のほうへ踏み出しながら、手をさしのべてくれる。

「ライファート様！」

私も駆け寄った。手が触れ合った、と思った直後には、ライファート様の胸の中に引き込まれている。

「ルシエット。やっと私のところに戻ったな」

額《ひたい》に、ライファート様の頬が触れ、私はどぎまぎした。

「たっ、ただいま戻りました、あの」

話しかけようとした、その時——

「ルシエット」

今度は後ろから、女性の声に呼び止められた。私はハッとしてライファート様から身体を離し、振り向く。

王子宮の玄関から、ハリエラ様がこちらを見下ろしていた。後ろに隠れるようにして、ロレッタもいる。

「ハリエラ様。ロレッタ」

「知らせが行き違いになったみたいで、ごめんなさいね。でも良かったわ、早く来てくれて」

ハリエラ様は微笑《ほほえ》みながら、階段を下りてくる。

ドレスは私のよりボリュームがあり、耳飾りと指輪をじゃらじゃらつけているのに、胸元は今日もシンプルにおっぱい第一主義だ。

ロレッタもレースやリボンのついた可愛らしいドレスを着ているけれど、ハリエラ様の陰で完全に霞《かす》んでいる。

ライファート様はそんなふたりが目に入らないかのように、私に話しかけた。

「ルシエット、母上の具合は？」

「はい、大丈夫です。ご心配をおかけしました。私もホッとしました。あの、ウェンディは」

「うむ。落ち着いてはいる。しかし、離れに引きこもったままだ。会話も少ない」

「そうですか……」

「あの、よろしいかしらっ!?　お話があるんですの！」

ハリエラ様が声のトーンを上げる。

ライファート様の顔を見ると、彼は軽くうなずき、私の右手を握った。

「我々の結婚のことで、いらしたそうだ」

私は軽く深呼吸してから、ハリエラ様に向き直って微笑《ほほえ》み返した。

「ハリエラ様、グレンフェル家にいらっしゃらなくて、驚きました。きっと何かあったんだろうと思って、急いで後を追ったのです」

「ええ、そうなの、大事な話は直接しなくてはと思ってね。先にライファート様にお話を、とも思ったけれど、ルシエットが戻ってから聞くとおっしゃったので、ずーっと待っていたのよ。疲れているところを悪いんだけれど、さっそく中でお話しできないかしら」

どこかもったいをつけるように、ゆっくりと言うハリエラ様。

私は緊張で、疲れを感じていなかった。それに、気になって先延ばしになんかできない。

はっきりと大きくうなずく。

「ええ、私は構いません」

ライファート様を見上げると、彼ももう一度うなずいた。

「では、応接室で」

全員で応接室に入ると、父が待っていた。

まるで自分の屋敷のように、ソファの背に片腕をかけていた父は、ライファート様が入ってくるとサッと腕を下ろして立ち上がる。そして私を見て、軽く眉を上げた。

その表情は、なんとも微妙なものだった。私を小馬鹿にしているようでいて、でも視線の泳ぎっぷりからは後ろめたさも感じられる。

(いったい、何？)

嫌な予感で胸がいっぱいだ。全力でいぶかしみながらも、とにかく挨拶をする。

「お父様。お久しぶりです」

すると、お父様は私と目を合わせないまま、片手を軽く振って言った。

「ああ。もういい、ルシエット」

(はい？)

「どういう意味でしょうか？」

聞き返してみたけれど、父は私ではなくライファート様のほうを見て話しかける。

「ライファート殿、ルシエットがなかなか戻らず、大変お待たせして申し訳ないことをいたしました」

「構わない。では、話を聞かせていただこう」

ライファート様は父の斜め前のソファに座り、私を促《うなが》して隣に座らせた。父の向かいにはハリエラ様とロレッタが腰かける。

ハリエラ様は、満面の笑みで父を見た。父は座り直すと、ため息混じりに続ける。

「大変申しあげにくいのですが、恥を忍んで、秘密にしていたことを打ち明けねばなりません。ルシエットの、出生についてです」

どくん、と、私の胸が大きくひとつ鳴る。

(まさか、今になって？)

父はそこから一気に言った。

「実はルシエットは、私の娘ではないのです。前の妻ミルディリアと、別の男の間に生まれた娘で、伯爵家の血は引いていないということになります。ライファート殿の妻にはなれません」

「お父様!?」

私は思わず声を上げたけれど、ハリエラ様がかぶせるように言った。

「ああ、私からもお詫《わ》びを申しあげますわ。ずっと打ち明けなくてはと思っておりましたが、ライファート様がルシエットを妻にとおっしゃるので言い出せず……けれど、本当に結婚してしまう前にと、思い直しましたの」

私は一度、強く目を閉じた。

（お父様、ハリエラ様に押し切られたんだ！　でも、どうして今になって⁉）

私は再び目を開き、気持ちを抑え込んで静かに言う。

「お父様。根拠のないことで母を侮辱《ぶじょく》するのは、おやめになって」

けれど、父は止まらない。

「この際ですから、全てお話ししましょう。私の前の妻ミルディリアは、ルシエットが四歳の時に突然、ルシエットを連れて家を出ました。この子が私の血を引いていないということに、自責の念を感じていて、耐えられなくなったという手紙を残して。私も若かったのでカッとなり、手紙は燃やしてしまったのですが」

（そんな手紙、最初からないくせに！）

どくん、どくんとさらに大きく鳴る鼓動に、気分が悪くなってくる。

私は恐る恐る、ライファート様を見た。彼は静かな表情で、ただこう言った。

「続けてください」

その言葉にお父様は勢いづく。

「しかし、ミルディリアが病に倒れてしまいまして。妻だった女ですから情もあります、放っておくわけにもいかず、私はふたりを引き取りました」

「違うわ！」

思わず私は声を上げた。父は眉を上げる。

「わきまえろ、ルシエット。何が違うというんだ？」

「だって、お父様はライファート様が……！」

言いかけて、唇を噛む。

ライファート様に、本当のことを言いたい。ライファート様から結婚の話があったから、お父様は急に私を利用する気になったんだと。

（お父様は、お母さんが病気になったことも知らなかったんでしょ!?　家庭教師先のご主人様のほうがよほど、お母さんや私に親身になってくれたのに、よくも……！）

そう言ってやりたかったけど、私はライファート様に下町育ちであることを隠している。今、それを打ち明けるのは、父の話に信憑性《しんぴょうせい》を与える最悪のタイミングだ。

父は、真実をほんの少しゆがめただけ。だからこそ、もっともらしく思えてしまう。

ハリエラ様はハンカチで目元を押さえた。

「どうかお許しください。ルシエットは、ライファート様との結婚話に、つい目がくらんだのです。母親の不義のせいで、肩身の狭い思いをしていたのでしょうから」

私は彼女の言葉に耐えられず、立ち上がった。

「やめてくださいハリエラ様。母は不義なんてしていません！」

言《い》い募《つの》ってはみたものの、母が不義をしていないという証拠はない。

『やっていないことを証明するのは難しい』

自分が母に言った言葉が、脳裏によみがえる。

どうすることもできずに悔しい思いをしている私を無視して、ハリエラ様はライファート様にこう言った。

「けれど、もうライファート様が結婚するという話は広まりつつあると聞きます。ここで破談にさせてしまっては、ライファート様の恥になるかと……ああ、本当に申し訳ないことですわ。ねぇ、リカード」

ハリエラ様は促《うなが》すように父を見る。

その視線を受けた父は、咳払《せきばら》いをした。

「ごほん。その、そこでご提案なのですが……ルシエットの代わりに、ロレッタをもらってはいただけないでしょうか？」

愕然《がくぜん》として、私は思わずロレッタのほうを見た。

——が。

いない。

いつの間にか、ロレッタはハリエラ様の隣から姿を消していた。

一瞬、ハリエラ様の色気に霞《かす》んで目立たないだけかと思って、つい見回してしまったけれど、やっぱり彼女の細い姿は見えない。応接室にはいないのだ。

(どこに行っちゃったの？　あまり気の強そうな子ではなかったから、修羅場《しゅらば》が恐ろしくて逃げ出したとか？)

……本当に、そう？　なんだか、嫌な予感が……

ロレッタがいないのに、ハリエラ様は両手を軽く合わせ、平然と父の後を引き継いだ。

「ひとりぼっちの姪《めい》ごさんを、養女に迎えるおつもりだと伺いました。ライファート様は情に厚いお方なのですね。ロレッタは優しい子ですし、ルシエットよりずっと若いので、姪《めい》ごさんともきっと仲良くなれると思いますわ」

「結婚式には、すでに王族の方々も招待されているとか。破談にするよりは、実はロレッタが本当の相手だということにして進めたほうが、ライファート様の体面が保たれるのではないかと……どうでしょうか？」

お父様はもみ手をしそうな勢いだ。

もし、私が伯爵令嬢ではないという話が広まってしまったら、ライファート様が恥をかく。だからロレッタを娶《めと》れ、と。

（……これって半分、脅しみたいなものじゃない！　まさか、ライファート様が断れなくなる時期まで待ってたの⁉）

悔しい。

私は拳《こぶし》を握りしめた。

誰かの『恥』にしかなれない私が、恥ずかしくて悔しい。

お父様の恥、ライファート様の恥。

ライファート様は、私の変なところを全部受け入れた上で求婚してくださったのに。

（私は身を引いたほうがいいの？　結梨奈だって、私とはもう会いたくないって……。ウェンディも助けたいけど、でも私に何ができる？）

どうしていいかわからなくなって、私はただ立ちすくんだ。

ハリエラ様はそんな私をちらりと見て、口の端にほんのりと笑みを乗せる。

――その時。ずっと黙って話を聞いていたライファート様が、口を開いた。

「しかし、それではロレッタ殿が不幸になる」

「……は？　ははは、まさかそんな。辺境伯夫人の座を不幸だなどと、天罰が下ります」

笑うお父様に、ライファート様は軽く首を傾《かし》げる。

「もしロレッタ殿と私が結婚したら、夫がほかの女性を想っていることになる。ご両親としては、ロレッタ殿をそんな男の妻にしたくないのでは？」

そして、深い青の瞳が私のほうを向いた。

「私が求め、焦《こ》がれているのは、ルシエットただひとり。君以外の妻はいらない。私の妻となって日夜私に愛されてくれるのなら、君のしもべとなってもいい」

私の頭は、真っ白になった。

続いて、顔がカーッと熱くなる。

なんだか、愛の言葉がエスカレートして、最後のほうがすごかった気がする……。

出会った時からまっすぐだった、ライファート様。私への気持ちもまっすぐで、少しもぶれることがない。

それが、とても嬉しい。

その気持ちを受け止めて、同じくらい、私も返したい。

(愛されるだけじゃなくて、私だって愛したい！　ああ、どうしたらそうできるんだろう？)

何も言うことができない代わりに、私は想いをこめてライファート様を見つめた。

見つめ返したライファート様はスッと立ち上がり、私と並ぶ。そして、お父様とハリエラ様を、どこか冷たい目で見た。

「早くルシエットを妻にしたいところを、私はずっとずっと我慢してきている。これ以上の邪魔立てはご遠慮願いたい」
ラ、ライファート様……
すごく嬉しいんだけど、なんだろう、この駄々っ子感。盛り上がっていた気持ちが、うっかり少し落ち着いてしまった。

「ま、まあ、ライファート様」

なぜかハリエラ様も立ち上がり、胸を張る。

「私が言うのもなんですが、ロレッタは外国語も堪能《たんのう》ですし、よくできた娘なんですのよ。おそばに置いていただければ、必ず気に入ります。姪《めい》ごさんも、きっと」

(外国語……辺境伯夫人として私が一番自信がないものを、どうして知ってるの？　それに、いちいちウェンディのことを引き合いに出して……)

そこで私は気がついた。

手紙に書いたからだ。私が母あてに書いた手紙の内容を、この人たちは全部知っていると思ったほうがいい。

それにしても……

「――あの」

私は思わず、口を挟んだ。

「ロレッタの姿が見えませんけど」

「あなたにはもう関係ないことです」

ハリエラ様が冷たい声で言い、ちらりと窓の外を見た。

「いつまでもライファート様の婚約者の座にしがみついていないで、さっさと自分から身を引きなさい。姪《めい》ごさんのことも、ロレッタに任せるのよ」

――まさか。

私はライファート様と、顔を見合わせた。そして急いでハリエラ様に聞く。

「ロレッタは、ウェンディのところに行ってるんですか⁉」

「ええ、お土産《みやげ》を持ってご挨拶にね。きっと楽しくやっているわ」

私の手紙を読んでいれば、ウェンディがいるのは離れだと知っているはず。そして、ウェンディとうまくやっていくことが結婚の条件であることも、お父様たちはわかっている。

手紙から得た情報だけなら、私は比較的すんなりウェンディと仲良くなったように見えるのかもしれない。だからハリエラ様は、ロレッタもそうできると考えたんだ。

私が母の看病でここから離れているうちに、ウェンディを取り込んでしまえば「勝ち」。そう判断して、強引に……！

私はパッと身を翻《ひるがえ》した。外出用ドレスの裾《すそ》をからげ、部屋を飛び出す。

「ライファート殿！」

部屋から父の声が漏れ聞こえ、ちらりと振り向くと、すぐ後ろにライファート様が早足でついてきていた。

「急ごう」

「はい！」

私たちは中庭に飛び出し、バラ園を抜けて離れの前に出た。

「……あっ……！」

思わず、足を止める。

離れは、異様な雰囲気に包まれていた。

城と同じ、赤っぽい石で作られた離れは、内側からにじみ出した黒い霧《きり》にもやもやと覆《おお》われている。その霧《きり》はうごめいているように見えた。合間合間に赤が覗《のぞ》き、まるで血を流しているようだ。

「な、なんだ、これは」

後から追ってきたお父様が、うろたえた声を上げる。ハリエラ様が「ヒッ」と息を吸い込む音も聞こえた。

「ウェンディ！　……結梨奈！」

私は大声で呼びかけてみる。

けれど、二階の窓は開かない。窓の中も、煤《すす》に覆《おお》われたように黒っぽく見える。

その時、カチャ、と微《かす》かな音がした。

離れの玄関が、開いている。そして、扉を身体で押すようにして現れたのは、ロレッタだ。

「誰かぁ！」

高く細い声で叫んだロレッタは、そのまま二、三歩よろめき歩いて、玄関の段差を踏み外した。

石畳の上に転がり落ちる。

「ロレッタ！」

私は彼女に駆け寄った。痛そうにうめいていた彼女は、私を見るなりしがみついてくる。

「きゃ!?」

「あの子、なんなの!?」

ロレッタは真っ青だ。

「異常だわ。悪霊がとりついているのよ！」

「何があったの？　ロレッタ、ウェンディに何をしたのか話して！」

両肩をつかんで問いつめると、ロレッタはうろたえて首を横に振った。

「な、何もしてないわ！　ただ、話をしただけよ」

「なんて!?」

「『ルシエットはもう戻ってこないの。代わりに私があなたのお母さんになってあげるから、仲良くしましょう』って。そしたらあの子、急にすごい形相《ぎょうそう》になって、びっくりしてたらいきなり私の身体が」

彼女は、ぶるっ、と身体をふるわせた。

「そうよ、あの子は私に触ってないのに、いきなり部屋の外に突き飛ばされたみたいになったのよ！　ろ、廊下の壁にぶつかって、痛くて、私、怖くなって逃げてきたの！」

そこまで聞いて、私は立ち上がった。ロレッタが私のドレスにすがりつく。

「嫌よ、待って、ひとりにしないで！」

私は思わず、ロレッタにこう言い放ってしまった。

「ビビってるならさっさとアルスゴーに帰りな！」

ギョッとした顔で、ロレッタは反射的に私のドレスから手を離した。

こちらもハッとなって、ライファート様に視線を移すと、彼は軽く目を見開いている。

（あーあ、やっちゃった）

下町言葉が出てしまった。ライファート様はショックだろう。

でも、仕方ない。最初から打ち明けていればよかったのに、そうしなかった私が悪いんだから。

変にお父様の計画に同調して、ライファート様に隠し事をするなんて愚策だった。

今にして思えば、ここの使用人たちにならば、下町育ちだってバレても良かったのに。

いや、自業自得の私のことなんか、今はどうでもいい！

「お、お母様、お父様！」

ようやくお父様とハリエラ様に気づいたロレッタは、転がるようにしてふたりのところに走っていった。

ライファート様は特に何も言わず、離れの玄関に向き直る。

「行こう」

「はい」

私も短く答え、口を引き結んで一歩踏み出した。

開けっ放しだった玄関から、中に入る。

中は、まるで黒い霧《きり》がかかったようになっていた。全てがぼんやりとして、よく見えない。

ライファート様の大きな手が、私の手をつかんでくれた。今はまだ、嘘つきな私のことを見捨てないでいてくれる。

私はしっかりと、その手を握り返した。

「結梨奈！　ルシエットよ、ただいま。どこにいるの？」

勘で玄関ホールを進み、階段にたどり着いた。手すりにつかまりながら上っていくと、建物の中なのに微《かす》かに風が吹いてくる。

(窓が割れてる？　でも、今日は風はなかったような……)

「私、約束どおり帰ってきたわ。ねぇ結梨奈、どこ？」

呼びかけながらウェンディの部屋の前まで来ると、そこも扉が開きっぱなしになっていた。

廊下に転がっている、見覚えのないクマのぬいぐるみは、ロレッタからのお土産《みやげ》だろうか。渦巻《うずま》く霧《きり》が廊下によどんで、クマは霧《きり》の海に溺《おぼ》れているように見える。

中を覗《のぞ》くと、霧《きり》の合間に見える光景はひどいものだった。

チェストが倒れて引き出しの中身がぶちまけられており、ベッドは枕や上掛けがずりおち、花瓶の欠片《かけら》があちこちに散らばっている。

そんな部屋の真ん中に、長い黒髪の、十代の女の子が立っていた。

結梨奈だ。ウェンディより大きくて、私の顎《あご》のあたりまで身長がある。亡くなったころの姿だろう。パーカーにショートパンツ、ニーハイソックスにスニーカーという格好だった。

不思議なことに、彼女のすぐ前に私の水晶玉が、ぽっかりと浮いている。彼女はその水晶玉をボーッと見つめながら、何かブツブツとつぶやいていた。

ウェンディの姿が見えないことが少し心配になりながらも、私は声をかける。

「結梨奈、入っていい？　ルシエットよ、帰ってきたよ」

結梨奈の返事はない。

ライファート様が、低く私に呼びかける。

「ルシエット。ユリナがいるのか？」

「え？　ええ、ほら、そこに」

繋いでいないほうの手で指さしたけれど、ライファート様は首を横に振った。

「私には、見えないのだ。部屋にはただ、霧《きり》が渦巻《うずま》いている」

「見えない……？」

私は結梨奈とライファート様を見比べる。

結梨奈がウェンディに憑依《ひょうい》した幽霊であることは、もはや疑いようもなかった。私は今、ウェンディには触れていない。

幽霊が見えるのも、私の特殊能力のひとつなのかもしれなかった。とにかく、まずは彼女と話をしなくては。

「ご案内します、中に入りましょう」

見えている私は、先に部屋に踏み込んだ。

足下のチェストをよけようと、ライファート様の手をいったん離す。

——そして、気がついたら、ライファート様の姿がなかった。

「え……ライファート様？　どこですか？」

焦って周囲を見回してみたけれど、まるで彼は消え失せてしまったかのように、返事すらしない。

それどころか、部屋の扉もなかった。

ただ、黒い霧《きり》の渦巻《うずま》く空間に、私と結梨奈が浮かぶように存在している。

(ど、どうしよう。とにかく、できることをするしか……)

私は覚悟を決め、霧《きり》の中をひとりで結梨奈に向かって踏み出した。近づいてみると、彼女は熱心に水晶玉を覗《のぞ》き込《こ》んでいる。

「結梨奈」

すぐそばで呼びかけてみたけれど、彼女は私のほうを見なかった。口の中で、まだ何か言い続けている。

「結梨奈、何か見えるの？」

そっと尋ねながら、顔を寄せてみた。すると、つぶやく彼女の声が、耳に入ってくる。

「この中に……この中にあるんだから……おばあちゃんちに帰るんだから……」

細い手が、水晶玉を撫で回した。

「お母さんなんか、いらない……帰れれば、いいの……」

私は、泣きそうになる。

ロレッタに『ルシエットはもう戻ってこない』と聞かされて、結梨奈はきっと私に裏切られたと思ったのだろう。戻ってくるって約束したのに、って。

お母さんが家を出てしまい、ウェンディに乗り移ってからもウェンディのお母さんが去ってしまって、乳母《うば》ともうまくいかなくて。ようやくうまくいきそうだった私にまで裏切られて、悲しいんだね。

だから、一番幸せだったところに戻りたいと思ったの？

「結梨奈」

思わず私は、彼女の肩に触れる。

結梨奈の身体が、ぴくっ、と震えた。その唇が、驚いたような声を漏らす。

「見えた」

「え？」

「見えた！　おばあちゃんち！」

いきなり、がしっ、と結梨奈に手をつかまれた。

そのとたん、部屋中の黒い霧《きり》が、動いた。

水晶玉を中心にして、まるでブラックホールのように渦《うず》を巻《ま》く。

身体が前のめりに、どこかに吸い込まれるような感覚がして――

あたりがまぶしく光った。

❖　❖　❖

……恐る恐る、目を開ける。

「えっ⁉」

私はぐるりと、あたりを見回す。

いつの間にか、木立《こだち》に囲まれた広い庭に立っていた。

青空の下、物干《ものほ》し竿《ざお》に洗濯物が翻《ひるがえ》っている。かわら屋根の日本家屋には縁側があって、ベッドの置かれた部屋が見えていた。

前に見た、結梨奈のおばあさんの家だ。でも、おばあさんもおじいさんも、姿が見えない。猫もいないようだった。

「ルシエット？」

「ひゃっ」

びっくりして振り向くと、結梨奈が立っていた。

幽霊のはずなので、一瞬本能的な恐ろしさも感じたけれど、彼女は落ち着いた目の色をしている。

ごく普通の、少女に見えた。

結梨奈は首を傾《かし》げ、私に聞く。

「どうしてルシエットがここにいるの？　ルシエットのお母さんの具合が悪くて、看病するから、もうウィンズローには戻らないって聞いたよ」

「ロレッタがそう言ったんだよね？　私のお母さんは、大丈夫だったよ。だからウィンズローに戻ってきたの」

「でも、結婚はできなくなったんでしょ？」

「それは……」

私はつい、言葉を詰まらせる。

ライファート様と結婚するのがいいことなのかどうか、私にはわからなくなっていた。

ハリエラ様は、ここまで来たら黙っていないだろう。何を言いふらされるか……

ライファート様は私を愛しているとおっしゃってくれたものの、お父様たちがあの様子では、私は辺境伯夫人として『恥』になってしまう。

結梨奈は、そんな私の様子をじっと見つめていたけれど、やがて近づいてきて私の手を握った。

「おじさんとルシエットが結婚できなくても、私とルシエットは友達だよね？」

「も、もちろんよ！　当たり前じゃない！」

「そうだよね」

結梨奈は微笑《ほほえ》む。ウェンディの顔で笑った時も可愛かったけど、彼女本人の笑顔もとっても可愛い。

そうだ、どうしても聞かなきゃいけないことがあった。

私はごくんと喉を鳴らしてから、聞く。

「ねぇ結梨奈……不思議なんだけど、あなたはどうしてウェンディの中にいるの？　私みたいに、生まれ変わらなかったのはどうしてか、わかる？」

すると結梨奈は硬い表情になり、鋭く答える。

「知らない。気がついたら、おじさんを見てた。目の前におじさんがいたの。この人と一緒にいないといけない、ってわかったから、近くにいようと思って……そうしたらウェンディの中にいた。それだけ」

じゃあ、たまたまライファート様の近くにいたウェンディの身体に入った、ということなのかな。

それにしても、どうしてライファート様のそばにいないといけないと思ったのか……。もし他の人が目の前にいたら、その人のそばにいなきゃいけないって思ったんだろうか。それとも、ライファート様だから、なの？

「生まれ変わりたいとは、思わなかった？」

そう聞いてみたけれど、結梨奈は硬い表情のままだ。

「いきなり知らない世界に来て、父親が死んでて、母親にも乳母《うば》にも捨てられた。生まれ変わりたいなんて、思うわけないじゃん。こんなお城イヤだ、こんな世界も嫌。日本に帰りたい、って、それしか思わなかった」

その顔がくしゃりと、泣き顔に変わる。

「ルシエットは、元・日本人に会うのは初めてだって言ってたよね。私しか、いないよね。……私にも、もう、ルシエットしかいないの」

「結梨奈……」

「ルシエットは私のそばにいてよ。ほら、やっと日本に帰ってこれた。だから、ここでふたりで暮らそう！」

結梨奈はまた、ふわりと穏《おだ》やかな表情になった。両手を広げてクルリと一回転し、のどかな田舎《いなか》の庭で深呼吸する。

私はあわてて彼女に近寄った。

「待って結梨奈、聞いて。さっき私たち、水晶玉の中に吸い込まれたような感じがした。ここは、私があなたを通して視《み》た、前世だと思う。本当の日本に帰ってきたわけじゃ――」

結梨奈はストンと、縁側に腰かける。

「本当じゃなくても良くない？　ルシエットも何か、困ったことになってるんでしょ。ノーザンシアと日本と、どっちが幸せ？」

「そ、それは……」

つい、また口ごもってしまった。

若くして死んだことを除けば、日本ではとても幸せに生きていたと思う。厳しくも優しい両親のもとで大人になって、友達にも恵まれて、好きな仕事に就《つ》けて。平凡で穏《おだ》やかな人生。

一方、現世の世界では、子どものころに家を追い出されて、大人になったら政略結婚の話が持ち上がり、母にも婚約者にも迷惑をかけている。

そんな生活、望んだことなどない。

どっちが幸せかって、聞かれたら……聞かれたら……

「ねっ。ここで暮らそう？　ほら、ルシエット、こっちに台所があるんだ。また一緒に料理しようよ」

結梨奈に手を引かれた。

私は一歩、踏み出しかけて――

ぐっ、とその場に踏みとどまる。

結梨奈が首を傾《かし》げた。

「どうしたの？」

一呼吸して、私は告げる。

「結梨奈、前に言ったよね。ルシエットは前世、大人になってから死んだから色々知ってる、でも自分は子どものまま死んで今も子どもだから、何もできない、って」

「…………」

「でもね。前世のことを全部覚えていたからって、そしてその前世がすごく幸せだったからって、現世でも同じ場所で同じ人生を歩むわけじゃない。水が、雨になって降り注いで、海からまた空に還って同じ雨っていう姿になっても、次はどこに降るのか選べないみたいに……川がどこをどんなふうに流れていくのか、わからないみたいに――」

私は結梨奈の手を握りしめた。

「――今はそりゃ、ちょっと辛いなって思う。でも、だからって幸せな場所に戻って、ずっととどまっていたら、淀《よど》んじゃう。何もできなくなってしまう。私は前に進みたいの。時間の流れに乗って、新しい景色を見たい。だから、ここにはいられない」

結梨奈の目が、強い光を帯《お》びた。

「ダメ！　ルシエット、裏切る気!?　私のところに戻ってくるって言ったのに！」

「戻ってきたよ。今度はあなたが戻る番。一緒に、ライファート様のところへ帰ろう」

「おじさん……」

ライファート様のことは、結梨奈も気にしているようだ。一瞬、目が揺らぐ。

私は彼女を元気づける。

「私もライファート様も、そばにいる。結梨奈はひとりじゃない。ね、帰ろう！」

――この世界全体が、ゆらっ、と揺れたような気がした。

結梨奈の視線が、ハッと庭のほうに向けられる。

「あっ」

また、霧《きり》が生まれていた。今度は白い霧《きり》が家のまわりを包み込み、少しずつ、少しずつ、庭を浸食して私たちのほうへ進んでくる。

「嘘っ、あれ何？」

おびえる結梨奈に声をかけようとして、私はギクリとした。

ドレスが裾《すそ》から少しずつ、霧《きり》に変わっている。スカートの紺色《こんいろ》が、白い霧《きり》に溶けていく。

「やだっ何これ！　消えちゃう、イヤだ！」

結梨奈も気づいた。長い黒髪を背中に下ろした彼女は、必死で頭を振る。髪の毛の先から霧《きり》に変わっていっているのだ。

元々、ここは本物の日本ではない。ニセモノの世界は、自《みずか》らを保てずに壊れていく。

結梨奈を抱きしめ、私はとっさに、祈った。

――ライファート様、助けて……！

急に、強い風がビュオッと吹きつけてきた。

「きゃあっ！」

結梨奈が悲鳴を上げ、私たちはうずくまる。

顔を上げると、空を覆《おお》っていた白い霧《きり》が渦《うず》を巻《ま》いていた。

中心の霧《きり》がまるで爆発するみたいに噴き飛ぶ。身体にまといつく霧《きり》を振り切って、空を駆けるように下りてくる、白い姿。

額《ひたい》に輝く角《つの》、竜のような姿に、長いたてがみ。

神獣、ギルゼロッグだ！

「結梨奈、立って！」

私は結梨奈を引き起こした。彼女はギルゼロッグから目を離せないまま驚く。

「えっ、な、何あれ⁉」

「ギルゼロッグ様が助けてくださるから！」

「はぁ⁉　なんでそんなことわかるの⁉」

「占いの神様だって、私が決めてるから！」

「それってルシエットが勝手に――きゃあ！」

身体を倒して回り込んできた神獣の背中に、私たちはぶつかるようにしてすくい上げられた。私は必死で、その首に右腕でつかまり、左腕で結梨奈を引き寄せる。

ぐんっ、と軽い重力がかかり、ギルゼロッグが地面を蹴って空へ飛び出した。

（ひいいい！　やっぱり飛ぶんだ！　高い高い怖い高いいいいい‼）

薄目を開け、歯を食いしばって、夢中でしがみつく。

何も考えられなくなった、その時――

ギルゼロッグの身体から、声が響いた。

『――ルシエット。魂《たましい》を視《み》る娘よ』

（……え？）

ふっ、と、重力を感じなくなった。ふわふわと、宙に浮かぶような心地がする。

『安心するが良い。そなたはライファートのそばに戻るだろう』

それは、聞き覚えのある声だった。

「……ライファート様の、声……？」

かろうじて顔を上げると、金色の目が、私を見つめていた。人を超越した存在の神々《こうごう》しさに、動けなくなる。

深い声が、響いた。

『わが遥《はる》かな生の記憶は、人の身には重い。記憶は意識の深みに沈み、かの男はその縁《ふち》に立つ番人。そなたにも、視《み》ること能《あた》わず』

（何？　なんのことを言っているの……？）

さっぱり意味のわからない声は続く。

『我は神のご意志のもと、王の名を人間たちに預言してきた。しかし、人間たちはいつしか自《みずか》らの意志で王を決めるようになり、我を求めなくなった。そして、我は神の導きで、人の身に生まれ変わったのだ。……我には、番《つがい》が必要だった。そして、我はそなたを、そなたは我を、強く求めた。そなたはこれから、初めて人の世に生まれた我のそばに。最初の番《つがい》に――』

（えっ。それって、まさか……！）

霧《きり》が晴れ、空が一気に光に満ちる。

あまりのまぶしさに、私は目を閉じた。

❖ ❖ ❖

「――ルシエット」

額《ひたい》のあたりで、声が聞こえ、私はゆっくりと、目を開けた。

目の前に、深い青の瞳と、眉間の皺《しわ》。

気がつくと、私はライファート様の腕の中にいた。

「……ライ……ファート様」

声がかすれてしまったものの、私はかろうじて、ライファート様の名前を呼ぶ。

彼はホッとしたみたいに目を細め、うなずいた。

ライファート様の胸に寄りかかりながら身を起こし、私はあたりを見回す。

離れの、ウェンディの部屋だ。

もうあの霧《きり》はどこにも見えない。ギルゼロッグもいない。

まるで、夢から覚めたみたいだ。

けれど、何もなかったわけではない証拠に、部屋の中は嵐が吹き荒れた後みたいな有様のままだった。

ライファート様は両膝をつき、私の上半身を抱いていて、その私の膝に小さなウェンディがうつ伏せになって目を閉じている。すぐそばに、水晶玉が転がっていた。

「……結梨奈？」

一瞬、背筋がぞわっとした。

（ウェンディの中に結梨奈がいなかったらどうしよう？　私、水晶玉の中に、結梨奈を残してきてしまったなんてこと、ないよね……？）

「結梨奈……ね、起きて。……お願い」

そっと、小さな肩を揺さぶる。

すぐにその目がゆっくりと開く。彼女は私の膝に両手をつくようにして身体を起こし、ぼうっとこちらを見上げた。

「ルシエット……」

そして、ライファート様と私を見比べるように視線を動かしてから、いきなり抱きついてきた。

『あああ……！　怖かった！　怖かったよぉ！』

日本語、だ……

泣きじゃくる結梨奈を、ウェンディの身体ごと抱きしめる。そんな私たちを、ライファート様が抱きしめる。

私はホッと、息をついた。

とにかく、めちゃくちゃになった離れにいるわけにはいかない。結梨奈が少し落ち着いてきたところで、ライファート様が抱き上げ、私たちは三人で外に出た。

あれから、それほど時間は経っていないらしく、王子宮の玄関では、お父様は立ったまま、ハリエラ様とロレッタは石段にうずくまるようにしてこちらを見ている。

「お、おお、ライファート殿！　ご無事で！」

目を何度か瞬《またた》かせて、お父様が素《す》っ頓狂《とんきょう》な声を上げる。そして、まるで全て元どおりというかのように続けた。

「今のはいったい、なんだったんでしょうな。ああ、その子がウェンディですか！　さあロレッタ、さっきまで何か話していたんだろう？　続きを――」

（いやいや、無茶だよお父様。そこまで元どおりになると思う？）

案の定ロレッタは、叩きつけるように答える。

「嫌！　そんな気味悪い子と一緒に暮らすなんて！　お母様、私アルスゴーに帰る！」

「ロ、ロレッタ！　お前はなんてことをっ」

お父様もハリエラ様も、見た目にわかるほど真っ青になった。

私はあわてて、ウェンディを見る。どうやら、疲れ切ってウトウトしているようだ。

（良かった、聞いてなくて）

ライファート様は軽い動作で、ウェンディの身体を抱き直した。そして、淡々とお父様に宣言する。

「今の暴言は、聞かなかったことにしよう。しかし、ロレッタ殿にウィンズロー城での暮らしは向かないようだ。早々に帰られるがいい」

「ラ、ライファート殿っ、しかし」

うろたえるお父様の言葉を、ライファート様は冷静に遮《さえぎ》る。

「私とルシエットの結婚式には、礼儀として顔を出すことだ。ルシエットを尊重し、ルシエットに恥をかかせることのないように。……今後も、私とのつきあいを望むのならな」

「りょ、了解いたしましたぁぁ！」

お父様はビシッと直立不動で言い、くるりと回れ右をした。そして、足元でへたり込んでいるハリエラ様に「だから無理だって言っただろう！」とかなんとか言い訳めいたことをつぶやきながら、その場を立ち去ろうとする。

「リカード殿」

ライファート様が、短く呼び止めた。お父様はビクッと振り向く。

「はいっ」

「先ほどの話、聞こえなかっただろうか？　ルシエットを尊重するように、と申しあげたはずだが。あなたはルシエットの、実の父親なのだろう？」

「あっ」

お父様は口をパクパクさせた。それから、ものすごく嫌そうに私に向き直ると、絞り出すように言った。

「ル……ルシエット。言いがかりをつけて済まなかった。お前は、私とミルディリアの娘だ。し、幸せに、な、な、な、なりなさい」

噴き出しそうになるのをこらえながら、私はドレスのスカートを摘《つま》んで膝を軽く折った。

「はい、お父様」

「そ、それでは荷造りがあるので、これにて失礼！」

今度こそ、お父様は王子宮の中へ駆け込んでいった。

私はライファート様のそばを離れ、王子宮の玄関の石段で呆然と座り込んでいるハリエラ様と、泣きじゃくるロレッタに近寄る。

「大丈夫ですか？　立てますか？」

しゃがみ込んで、右手で軽くハリエラ様の左腕を取りながら、私は左手の水晶玉にちらりと目をやった。

ふらりと立ち上がったハリエラ様は、私と目が合うと我に返ったように腕を振り払う。

「ひとりで立てますわっ。ほらロレッタ、あなたも立ちなさい！」

ロレッタを引っ張り上げるハリエラ様に身体を寄せて、私はそっと耳元で囁《ささや》いた。

「あまり、地位にこだわらないほうがいいわ。でないと……」

右手の人差し指の背で、ハリエラ様の喉を真横にスッ、とかすめるように触る。そして、すぐに踵《きびす》を返し、私はライファート様のところへ戻っていった。背後でロレッタがハリエラ様を叱咤激励《しったげきれい》する声が聞こえる。

「お、お母様、どうなさったの!?　しっかりしてください、ちゃんと歩いて！　帰りましょうってば！」

その声を聞いて、ライファート様が首を傾《かし》げる。

「義母殿は、具合が悪そうだな」

私は肩をすくめた。

「以前から、首飾りをつけない方だなと気にはなっていたんですが、前世で絞首刑になったために首に何かが触れるのが苦手なようです。どんな罪を犯したのかしら」

前世は海賊だったお父様も、縛り首だったようだから、ある意味お似合いの夫婦といえるかもしれない。

(末永くお幸せに！　ただし、他人に迷惑をかけない範囲でね)

やがて、中庭には誰もいなくなった。

私は、ライファート様を見上げる。

「ライファート様……黙っていて、ごめんなさい」

ウェンディを抱いたまま、彼は怪訝《けげん》な顔をする。

「何をだ？」

「本当は私、子どものころに父に気味悪がられて、母と一緒にグレンフェル家を出たの。父の娘ではあるけれど、ずっと下町暮らしだったので、令嬢として育ってきたわけじゃないんです。ダンスもできない、ガサツな娘なんです。占いは、お金儲けの手段でした。グレンフェル家に連れ戻されて、ライファート様と結婚しろとお父様に言われた時も、お金目当てで承諾しました」

「……それは、問題だな」

ライファート様は眉間に皺《しわ》を寄せる。

私は心の中でウィンズロー城を去る覚悟を固めて、うつむいた。

低い声が、言葉を続ける。

「問題なのは、あの男こそが、ということだぞ。幼い娘を抱えた妻を家から出すとは。その様子だと、病気の夫人に援助もしていなかったのだろう？　いっそ、彼こそ破産して下町の暮らしを経験したほうがいいのではないか？」

驚いて顔を上げると、ライファート様と目が合う。

本気で言っているらしいその真剣な表情に、今度こそ、「ふふ」と声を出して笑ってしまった。

ライファート様も、あの笑みを浮かべる。

「ルシエットの過去を聞いたところで、君の何が変わるわけでもない。私の、婚約者殿」

ライファート様は片腕でウェンディを抱いたまま、もう片方の腕で私の腰を抱き寄せた。

「もう誰にも、我々の結婚に邪魔を入れさせはしない。安心して、私に愛されてほしい」

「ライファート様」

私はまた、笑ってしまう。

「私からの愛は……？」

私の言葉に、ハッとしたようにライファート様は目を見開き、そしてすぐに言った。

「もちろん、欲しい。心から欲しい」

「良かった」

私はライファート様の胸に、頬を寄せた。片手を伸ばして、ウェンディの背中を撫でる。

（――本当は、私なんかがこの方に相応《ふさわ》しいのかどうか、もう一度考えなくてはいけないような気もするけれど……）

だって、わかってしまったんだもの。どうして、ライファート様の前世が視《み》えないのか。どうして、ライファート様がこんなに浮き世離れしているのか。

それは、ライファート様ご自身も、きっと知らないことだ。

この方の前世は、人ならざる者だった。

神獣ギルゼロッグの生まれ変わりなんだ。

ギルゼロッグの、神話の時代からの遥《はる》かな記憶は、ライファート様の意識の奥底に眠っている。

人の身であるので、私にも視《み》ることはかなわない。

『そなたはこれから、初めて人の世に生まれた我のそばに。最初の番《つがい》になるのだ』

ギルゼロッグの宣言が、夕暮れの空に響いたような気がした。

第六章　結婚式では、たくさん泣いていいと思います

困ったことに、それから結梨奈はすっかりふさぎ込んでしまった。

冬の間、結婚式の準備については「ちゃんと進めて」と言ってくれるのに、本人はむっつりした表情で、いつも何か考え事をしている。

料理をしよう、庭を散歩しようと誘っても、気が乗らないのか断られた。

彼女が憑依《ひょうい》しているウェンディのことをどうするのか、相談するどころではなかったし、家庭教師をつける話なんてもってのほかだ。

「結婚までに解決するとは思っていない。時間がかかることは、元より承知の上だ」

ライファート様がそうおっしゃるので、私もそう考えるようにはしている。

それに、私自身のことも考えなくてはならなかった。

いよいよ本当に辺境伯夫人になるのだから、勉強もしなくちゃいけないし、人脈も作らないとならない。

私は何度も町に下り、役所や港湾施設、病院や孤児院を回っては、関係者の話を聞いた。

辺境伯夫人ともなれば、いずれはいくつかの施設の長とか理事の職に就《つ》くことになる。自信を失ってへこむこともあるけれど、敏《さと》いライファート様がすぐに気づいて助言をくれるので、どうに

かやれていた。

ウィンズローはとても豊かな地だ。それでも、これからも豊かでいるためにやらなくてはいけないことはたくさんあったし、問題が何も起こらないわけでもない。町の人々と話し合うことが、何度もあった。

そんな時、下町育ちの私なんて一体なんの役に立てるのかと思っていたけれど、意外なところで「良かった」と思うことがある。

例えば、労働階級の人々と話をして、こんなふうに喜んでもらえた時だ。

「ルシエット様は、私たちの暮らしについて理解が深くていらっしゃる」

(任せといてよ！)

思わずそう言いそうになるのを我慢して、私はちゃんとたおやかに、「そう言っていただけると嬉しいです。お力になっていきたいと思います」と微笑《ほほえ》むのだった。

母の体調はどんどん回復していたものの、冬の長距離移動は良くないだろうということで、結局まだウィンズローには来ていない。代わりにこまめにやり取りしている手紙が、私を勇気づけてくれた。

そして喜ばしいことに、私がグレンフェル家の娘として嫁《とつ》ぐと正式に決まったので、母が実家のお父様――つまり私のおじい様と和解することができたのだ。

母は今、独身時代の家名を名乗っている。下町で名乗っていた『ウォルナム』は、母のお母様――私のおばあ様の実家の名前なので、「これで家名が変わるのは三回目です。忙しいことだわ」と自虐《じぎゃく》気味に手紙に記されていた。


やがて、短い冬が終わり、春が訪れる。

私は化粧台の前に座り、鏡を見つめていた。

鏡には、光希の姿とうっすら重なった私の姿が映っている。

今の私は真っ白な、花嫁姿だ。

ウェディングドレスの着付けは、先ほどディジーがやってくれた。

こちらのウェディングドレスは、とても古風でシンプルなものだ。後ろに引きずる長めの裾《すそ》、ウエストのすぐ下あたりを緩《ゆる》く帯で結び、帯には金糸でリンドン家の家紋がいくつも刺繍《ししゅう》されている。首回りは鎖骨の見える程度に緩《ゆる》やかに開き、袖は肩から膝のあたりまで長く垂れ、手を上げると布が割れてするりと腕が見えるようになっていた。

金の髪は、背中に下ろしている。普段は結っているんだけど、結婚式の時は一切結わない決まりだ。髪の中に何も隠していないという証明のためだそうで、このあたりの戦いの歴史が感じられる。

「あとは、冠《かんむり》ね」

鏡に映る景色に、ひょこっと母ミルディリアの姿が現れた。

手にしているのは、花冠《はなかんむり》のように、ぐるりと蔦《つた》と花の装飾が環《わ》になった銀の冠《かんむり》。ところどころに緑色の宝石がはまり、細い鎖が垂れてカーブを描いている。

母はそれを慎重に私の頭に被せ、向きが合っているか確認した。

「いいわ。素敵よ、ルシエット」

「ありがとう、お母さん」

振り向いてお礼を言うと、母はすぐ脇の椅子に腰かけながら嬉しそうに笑う。

「私こそ、お礼を言わなくちゃ。ルシエットのおかげで、ウィンズロー辺境伯領の空気のいい場所に家までいただけて。メイドもひとりつけてもらったし、病院はすぐ近くだし」

「全部、ライファート様がしてくださったことでしょ。それに、ウィンズローまで旅ができるくらい元気になったのは、お母さんが安静にして頑張ったからだし」

「あら、さかのぼれば元々は、ルシエットが『結婚話に乗る!』って言い出してくれたおかげよ。それに、そう、私に花嫁姿を見せてくれていることも嬉しいの」

「ん、それは私のおかげかな」

私たちは顔を見合わせ、ふふ、と笑った。

母は、ゆっくりと立ち上がる。

「さぁ、私は先に行っているわ。そうそう、リカードの席と離してくれたのね。しかもリカードのほうが下座」

「それはライファート様が決めたの。ハリエラ様とロレッタは来ないって。体調が悪いそうよ」

「まあ、お気の毒。せっかくの、由緒ある城での結婚式なのに」

ちっとも気の毒そうではない口調で言って軽く肩をすくめ、母は部屋を出ていった。

ひとりになると、にわかに空気が張りつめる。

「……き……緊張する」

私は深呼吸した。

歴史あるウィンズロー城の教会は修復され、辺境伯の結婚式はそこで行われる。王族も参列する、立派な式だ。一年前は、まさかこんなことになるなんて思ってもみなかった。

ウィンズローの慣例で、花嫁の私は昨日から、花婿のライファート様に会っていない。ライファート様とは、式の前に教会の前で会うことになっているのだ。

(ライファート様は、どんな格好なのかな。実は知らないんだよね。それに、私を見てどんな反応をするんだろう)

どきどきしていると、トントン、とノックの音がした。

「な、何？　忘れ物？」

母かと思って答えたけれど、そうではなかった。

大きな扉を小さな身体で押し開けて、ウェンディが——結梨奈がひとり、中に入ってくる。

「わああ、かあああわいいいいい」

私は思わず、腰を浮かせてしまった。

結梨奈もまた、ドレスアップしているのだ。ベージュピンクのワンピースドレス、腰に結ばれた細いリボン、巻《ま》いた髪の上には花の冠《かんむり》を被っている。

「すごく可愛いわ！　こんな可愛い子に指輪を持ってもらえるなんて幸せ！　ドレスも似合う！」

そう、彼女は今日、私とライファート様の指輪を大神官の前まで運ぶ、リングガールを務めてくれるのだ。

もだえそうになっている私に、結梨奈は目をそらしながら唇をとんがらせて言う。

「わたしのドレス、ルシエットがえらんだくせに……」

「ちょっと今、自分を褒めたわ」

真顔で言うと、結梨奈はフフッと笑う。

その微笑《ほほえ》みが、今日はずいぶん、大人っぽく見えるような気がした。

ふと不安になって、私は話しかける。

「……何か、用事だった？　あ、ウェンディのお母さんが来てたでしょう、会ったの？」

「うん。かわいいって、ほめてくれた。それから……ちょっと、ないてた」

結梨奈はつぶやくように言う。そして、さっきまで母が座っていた椅子までやってきて、うんしょと腰かけた。

「わたしね。スイショウダマのなかで消えそうになって、こわかったときから、ずっとかんがえてたんだ。ウェンディもこわがってるのかな、って」

「結梨奈……」

「わたしに消されそうで、こわがってるかもしれない。それは……かわいそうだって」

「……うん」

続きを待っていると、彼女は私を見上げて急に日本語で話しだした。

『わたし、小学校の六年生で死んじゃったじゃない？』

「え？　ええ」

戸惑《とまど》いながらうなずくと、彼女は続けた。

『卒業式、楽しみにしてたんだよね。みんなといっしょに、中学校に進むのも。でも、今のままだと、わたしだけ進めないいってことだよね。わたしだけ、ずっと、止まっちゃう』

にこっ、と、可愛らしく笑う。

『せっかくだから、ルシエットとおじさんの結婚式のついでに、わたしも卒業式、したい。「結梨奈」を卒業して、生まれ変わりたい。いつか、ルシエットみたいに幸せになりたいから』

――それは、彼女が転生を望む言葉だった。

鼻がツンとなって、私は思わず口元を押さえた。涙が一粒、こぼれおちる。

「ゆりな……偉い。偉いね」

「ルシエット、ないちゃダメ。おけしょうがおちるでしょ」

「う、うん」

しっかりした『娘』に注意され、私はあわててそっと目元をハンカチで押さえる。

「あなたが望むなら、きっとそうできるよ。……それ、ライファート様には？」

「さっき、ゆってきた。わたしのしあわせを、ずっといのってくれるって、ゆってた。……ルシエット、やくそくして」

「何？」

聞くと、結梨奈は右手の小指を突き出した。それはこの世界にはない風習だ。

くしゃっ、と、彼女の顔がゆがむ。声に、涙の気配がにじむ。

「また会ったら、ちゃんと、わたしだって、気づいてね。……ぜったいだよ」

私は、その小さな手の可愛らしい小指に、自分の小指を絡めた。

「ええ。約束するわ。だって私には、結梨奈が見えるから」

どんな姿に生まれ変わっても、私だけは、この子を見つけられる。必ず。

ノックの音がした。ディジーが顔を覗《のぞ》かせる。

「お時間です」

「ええ」

私と結梨奈は立ち上がり、手を繋いだ。

「あ、そういえばルシエット、すごくきれいだよ」

「なぁに、その取ってつけた感は！」

「ふふ、ほんとうだよー」

私たちは顔を見合わせて微笑《ほほえ》むと、ふたりで外へ踏み出した。


ライファート様は、教会の前で待っていた。

どんな装《よそお》いをするのか聞いていなかった私は、少し驚く。ライファート様はシンプルな鎧《よろい》をつけていたのだ。

きっと、かつての戦いの歴史の中で、鎧《よろい》が正装だった時代があったのだろう。ライファート様はいつもの浮世離れした雰囲気で、戦士という感じではなく、まるで鱗《うろこ》をまとったドラゴンの化身のようだ。

そのライファート様は、私を見るなり口を軽く開き、そのまま固まっている。

しばらくして、「私の花嫁殿」と言った。

（――また呼び方が変わった）

彼は微笑《ほほえ》んだけれど、腕を組んで歩き出したとたんに、私から視線を外さないせいでつまずいたので、いったん仕切り直す。

深呼吸して落ち着いてくださいと言うと、首を横に振って真顔で答えた。

「君が綺麗すぎて無理だ」

扉が開かれると、目の前に光の道が伸びていた。正面の主祭壇の向こう、ステンドグラスを透かして、光が射している。

私たちは、その道をゆっくりとたどった。両側の会衆席《かいしゅうせき》から、たくさんの人々が私たちを笑顔で見つめている。

緊張する場面なんだけど、ライファート様が上気した顔でチラチラ私を見るので、冷や冷やしてそれどころではない。

指輪を載せたクッションを持って私たちより少し先を歩いていた結梨奈も、ちょっと振り返ってライファート様に『おじさん！　まえ！　まえみて！』と口パクしていた。

そして大神官からの説教の後、結婚の誓約の言葉はそれぞれ、自分の言葉で告げる。

ライファート様は、深い青の瞳に情熱を込めて言葉にした。

「ルシエット、これから君と愛し合って一生添《そ》い遂《と》げられることが、たまらなく幸せだ」

(添《そ》い遂《と》げる前提で言ってますけど、それって誓いなの？　どうなの？)

でも、嬉しい。ライファート様は私を受け止め、私を欠片《かけら》も疑わず、私を生涯の伴侶としてくださるのだ。

そして、今までライファート様に愛の言葉を告げたことのなかった私は……全能神様とギルゼロッグのステンドグラスの前にいるせいか、自然に言葉を出せた。

「ライファート様、愛しています。一生、おそばにいます。きっと、来世も」

ウェンディが大神官に渡してくれた指輪が、お互いの指に納まる。ライファート様はそのまま、私の手を離さない。

自然に引き寄せ合うような、誓いの口づけ。それがこんなにも大きな喜びを分かち合うもので、幸せだ。

私たちはこうして、夫婦の絆《きずな》を結んだのだった。

鐘が、鳴る。拍手と歓声に、教会が満ち満ちていく。

私はライファート様と手を取り合ったまま、主祭壇の前で振り向いた。

中央通路の両側に並んだ会衆席《かいしゅうせき》から、たくさんの人々が私たちに祝福を送ってくれている。

ノーザンシア王国の王太子夫妻、近隣の領地を治める貴族たち、ウィンズローの要職の人々。

むっつりしているお父様――リカード・グレンフェル卿もちらりと見えた。白髪《しらが》が増えたような気がする。

入り口近くでは、ウィンズロー城の使用人の人々も、笑顔で拍手してくれていた。

主祭壇の近くには、ライファート様の親族の席がある。大叔母様たちやウェンディのお母さん、それに私の母ミルディリアがいた。母は笑顔だけれど、目元を赤くして泣いているようだ。

そして――

結梨奈は、座ったまま目を閉じていた。

眠る彼女を、主祭壇から広がる柔らかな光が照らしている。

隣にいたウェンディのお母さんが、少女の肩を優しく叩いて話しかけた。ぴくっ、と身体を動かした少女は、トロンとした目で、自分の肩に触れる女性を見上げ――

――小さな口元が、「おかあさま」と動くのが見えた。

少女は大声で泣き出した。お母さんは何かに気づいたように目を見開き、「ウェンディ！」とその名を呼び、強く少女を抱きしめる。

ライファート様も、気づいたみたい。私と目が合うと、口の端をにゅっと持ち上げてうなずいた。

結梨奈、卒業おめでとう！

ウェンディ、お帰りなさい！

とうとう、こらえきれなくなって、私はライファート様の胸にぶつかるようにして顔を隠す。

嗚咽《おえつ》は拍手に紛《まぎ》れ、ライファート様の手が愛《いと》おしそうに私の髪を撫でたのだった。

翌朝、目を覚ました時、私は一瞬どこにいるかわからなくて戸惑《とまど》った。

そうだ、寝室を移ったんだった。結婚したから、ふたりの寝室に。

広いベッド、けだるい身体、後ろから私を抱きしめる腕。にわかに昨夜の記憶がよみがえって、恥ずかしさのあまり心の中で悶絶《もんぜつ》する。

愛されるだけじゃなくて、私からも愛するんだ！

そう心に決めていたのに、結局、愛されっぱなしだった……

「おはよう、ルシエット」

うなじをくすぐるように、愛情のこもったライファート様の声が聞こえる。

「お、おはようございます」

振り向くのは恥ずかしくてできなかったけど、愛《いと》おしい気持ちが湧きあがる。

私は、私の胸の下あたりにある大きな手に、自分の手を重ねた。

昨日は、喜びと寂しさと忙しさがぎゅうぎゅうに詰まった一日だった。

式の後、馬車でウィンズローの町を一周した時の、町の人たちによるフラワーシャワーが夢のように思い出される。

晩餐会《ばんさんかい》は立食形式で、ウィンズロー城の大食堂と中庭が開放され、招待客が動きやすいようになっていた。偉い人同士も、色々と話ができたようだ。

そんな中、ウェンディ母子が挨拶に来てくれた。ウェンディは、お母さんのもとに帰ることになっている。

彼女はすっかり五歳児らしく、言葉も前よりさらにつたなくて甘えんぼになっていたけれど、私とライファート様のことをなんとなく覚えているらしい。

「これからも、いっぱい遊びに来てね」

そう話しかけると、「うん」と素直にうなずいていた。

彼女のお母さんは、夫の思い出の残るウィンズロー辺境伯領で再び暮らしたいという気持ちがあるようで、そうなったらウェンディともしょっちゅう会えるだろう。

ふと見ると、ベッドの脇の小さな棚に、私の水晶玉が載せてある。もうディジーたちにも、私が占い師生活を送っていたことを話してあるので、水晶玉も隠さずに出してあった。

「水晶玉を使うことは、結梨奈と再び出会うまで、もうないのかもしれませんね」

ひとり言のようにつぶやくと、ライファート様は私を抱き直しながら言う。

「ルシエットがそうしたければ、占い師を再開しても良いのだぞ。そう、家政婦長が自分も占ってほしいようなことを言っていた」

「ふふ、まあ、誰かの役に立てるなら、やってもいいんですけれど」

ひとまず、どこにしまっておこうかな。

身体を起こし、ベッドに腰かけて、水晶玉を両手に載せる。

今までは水晶玉に向かってギルゼロッグへの祈りを捧《ささ》げていたけれど、もうそれは変……かな。

ちらり、と振り向くと、横になって片肘をついたライファート様が「ん?」と私を見て、もう片方の手を私の腰に回した。

「いえ、なんでも……」

なんでもないと言いつつ、つい、見つめてしまう。

この人が、人間に転生したギルゼロッグ。そして、私の夫だなんて。

自覚のないライファート様に、私から言うべきなのか、迷う。でも、それこそ証拠もないし、あの時のギルゼロッグの言葉はかなり難解で、うまく説明できない。

それに、ライファート様が「ギルゼロッグのように飛べるかも」なんて思って飛ぼうとしたらどうしよう？　普通の人ならそんなこと思わないけど、何しろライファート様だし、一抹《いちまつ》の不安が……

そんなこんなで、どうしようか考えているうちに、話さないままで来てしまった。

話すなら今だ、というような、そんな時が、いつか来るのかもしれない。

不思議な気分で、水晶玉に視線を戻す。

――そこに、人影が映っていた。

「あ！」

「どうした？」

起きあがったライファート様が、背中から私を抱きしめ直す。ライファート様の手が私のお腹に触れると、水晶玉に映った人影がはっきりした。

長い黒髪の、可愛い女の子。

（結梨奈！）

私は思わず、お腹の上でライファート様の手に自分の手を重ねた。

もしかして、近いうちに、ここに……

「ねえ、ライファート様！」

嬉しくなって、私はまた振り向く。ライファート様もまた「ん？」と私の額《ひたい》に頬をすり寄せた。

「私、結梨奈が初めてライファート様に会った時、どうして『この人のそばにいなきゃいけない』って思ったのか、わかったかもしれません」

「本当か？」

「はい」

私は笑って、大きくうなずく。

「生まれ変わる時期が、うまく合わなかったんですよ、きっと。だから、ライファート様のそばで待つ羽目になったんだわ。私が現れるまで。私と、結ばれるまで」

もしかしたら、神獣と異世界の娘が出会うことは、運命だったのかもしれない。特殊能力を持った私は幼いころに、ライファート様と出会っていた。

そして、そのふたりの間に生まれる子も異世界からの転生者。

何しろ世界が違うのだから色々とずれて、こじれてしまったのだとしたら……私とライファート様の事情に巻《ま》き込んだ、ということになるのかも。だとしたら、本当に申し訳ないことをした。

でも、もう大丈夫。あの子が生まれ変わる準備は、整ったのだから。

「きっとすぐに、あの子に会えますよ」

「そうか。それは嬉しいな」

ライファート様は微笑《ほほえ》む。

あの子に会ったら、前世の分も幸せにしよう。私とライファート様が一緒なら、きっと幸せにできる。私には予言の力なんてないけれど、それがわかる。

私たちはもう一度、幸せを確かめるように、愛を込めて、口づけを交わしたのだった。

番外編

愛情表現は難しい（ライファート編）

「ようこそ、『前世占い』へ」

顔のほとんどをベールで隠したその女性が、私をまっすぐ見た。少し緑がかった、明るい茶色の瞳は、見たことのある色だ。

そして、水晶玉をはさんで互いの手が触れ合った瞬間、その目が驚きを露《あら》わにしたのを見て、私は彼女があの時の幼な子だと確信した。

目の前のこの女性は、ルシエット・グレンフェル――アルスゴー伯爵令嬢なのだ。

「何が、視《み》えた？」

高揚《こうよう》する心を抑えながら、そう尋ねる。

彼女は戸惑《とまど》う視線を私に向け、答えた。

「……視《み》えません」

困り果てて言っただろうその一言が、嘘偽《うそいつわ》りのないものであることを、私は知っている。

惜しみなく開かれた素直な心が、私の目の前で宝石のようにきらめいていた。それは、水晶玉よりもなお美しい。

この希望の光を手に入れたいという、強い気持ちが湧きあがる。

これほど何かを欲しいと思ったのは、初めてのことだった。


私、ライファート・リンドンがウィンズロー辺境伯領を預かることになったのは、不幸の連鎖の結果だった。

流行病《はやりやまい》のせいで親戚が次々と命を落とし、兄までもが亡くなり、私が爵位を継ぐことになったのだ。

大学で歴史を教え、各地に調査に出向き、研究に没頭していた日々が終わる。しかし、ウィンズローが歴史的に興味深い土地であることを私は知っていたので、悪くないと思った。

問題は、辺境伯の義務として、結婚しなくてはならないことである。

誰かと一緒になろうと思わないまま、私は三十も近い年齢になっていた。正直、研究の時間を割《さ》いてまで誰かに時間を使おうと考えたことがなかったのだ。今さら相手を見つけるのは面倒だ。

いや、見つけるだけであれば、それほど苦労はない。辺境伯夫人の座を目当てに、向こうから次々とやってくるのだから。

しかし、この人、と決めることはできなかった。

兄の忘れ形見、ウェンディがいたためだ。

生前の兄とはあまり会っていなかったが、幼いころは何かと構ってくれた記憶がある。そして、次男の私が家のことを気にかけずに研究に没頭するのを許してくれた恩も、感じていた。

兄の葬式で初めて会ったウェンディは、無口な子どもだった。

整った顔立ちをしているのだが、表情に乏《とぼ》しく、ただ目だけがぎょろぎょろ動いて喪服の人々を観察している。

義姉《あね》と行動をともにしてはいたものの、義姉《あね》もどこかウェンディによそよそしく、お互いに一定の距離を保っているような印象があった。

「よろしく、ウェンディ」

目を合わせると、彼女は驚いたように私の顔を見た。一体何が気になったのか、それからずっと彼女が私のことを目で追っていたのを覚えている。

しばらくの間、義姉《あね》とウェンディは、それまでどおりウィンズロー城で暮らしていた。

私も城の一室を自室に定め、兄の仕事を引き継ぐために忙しい日々を送っていたのだが、時々ウェンディのほうから部屋を訪ねてくるようになる。

彼女はいつもひとりで、何をするでもなく、私が書き物をしたり資料を読んだりする様子をじっと見つめており、やがてあわてた様子の乳母《うば》が迎えに来て去っていく。そんなことが、何度か繰り返された。

ある日、ウェンディの乳母《うば》が城を出ていった。義姉《あね》に頼まれ、新しい乳母《うば》を募集したものの、次の乳母《うば》までが短期間で辞めると言い出した。

さすがに様子がおかしいことに気づき、私はようやく義姉《あね》とゆっくり話す時間を持つ。その時に初めてウェンディの奇行について聞かされた。あれからすぐに四歳になったウェンディは、今では義姉《あね》までそばに寄せつけないのだという。

兄の死の痛手も癒《い》えないまま悩む義姉《あね》は、すっかり参っているように見えた。

「私のウェンディは……どこに行ってしまったの……」

うつろな目でつぶやく義姉《あね》に、私は申し出た。

しばらくウェンディを預かるから、旅行に出かけるか、それとも実家でゆっくり過ごしてきたらいいのではないか、と。

彼女には、そういった時間が必要だ。

ウェンディにそのことを説明しに行くと、幼いながら彼女はどこか諦めたような表情だった。

私は彼女に、なるべく平易な言葉を使って説明する。

「お互い、大変なことだな。しかし、ここはウェンディの家で、そして私の家にもなった。同じ家に暮らす人間は、助け合わなくては楽しく過ごせない。私は君を助けるから、君も私を助けてくれ」

ウェンディは不思議そうな表情をした。

「……おじしゃんを、たすけるって？」

私は軽くため息をつきながら言う。

「実は、私はどうしても結婚しなくてはならない。つまり、もうひとり、女の人がこの城で暮らすのだ。君がいるからには、君とも仲良くできる人がいいと思っている。だから、一緒に選んでほしいのだ。会って、どう思ったか教えてくれ」

「……」

ウェンディは理解したのかどうか、とにかく黙ってうなずいた。

そして、ウェンディは花嫁候補をバッサバッサと切り捨てていった。私としてもピンとくる女性がいなかったので、それは構わないのだが、ウェンディと気の合う女性がひとりくらいいてくれても……と思ったものだ。

そう、気になるのは、ウェンディのことなのだ。

私といる時は、幼いながらも物静かで落ち着いた様子なのに、相変わらず乳母《うば》とうまくいかず、癇癪《かんしゃく》を起こし、時々妙な言葉を発するという。

そんな時だ。『前世占い師』というのがいて、的確な助言をしてくれるらしい、という噂を聞いたのは。

私は、ウェンディを助けると約束した。どうしたらウェンディが心安らげるか、突き止めなくてはならない。

伝手《つて》をたどって紹介してもらい、会いに行った占い師こそが、ルシエットだった。

この女性こそ、私の妻になる人だ、と即座に私は確信する。今までの女性をウェンディが認めなかったのは、ルシエットを待っていたからではないか、とさえ思った。

本当は、占ってもらったその場でひざまずいて求婚し、彼女を連れ帰りたかったが、ウェンディの気持ちを確認しなくてはならない。それに、女性を妻に迎えるためには、その女性の父親に許可を得る必要もある。

貴族の端くれでしかなかった私も、今や辺境伯という責任ある立場となってしまった。

物事の順序は守らなくてはならない。礼儀に反した行動を取ることで、ルシエットに嫌われてしまっては元も子もないのだ。

どうにか衝動を抑え、占いの館を出ると、私は馬車をまっすぐにグレンフェル家に向かわせた。

「ウ、ウィンズロー辺境伯!?」

ルシエットの父、アルスゴー伯爵リカード・グレンフェルは、私の訪れに非常に驚いた様子だった。

「あなたの娘、ルシエット・グレンフェル嬢を、私の妻に迎えたい。許しをいただけるだろうか」

何も調べず、いきなり訪ねてそう聞いた私も、たいがいあわてている。

彼女はもうすでに誰かの妻になっているかもしれないし、そうでなくとも決まった相手がいるかもしれないのに。

グレンフェル卿は激しく動揺して、目を泳がせた。

「ル、ルシエット、ですか。今、外出しておりまして……そう、別れた妻に、あれの母親に会いに行っているのです」

「なるほど、それでベルコートにおいでだったのか。ベルコートでお会いしたのだ」

「ベル……ええ、そうです、そこに行っているのです。運命の出会いですな、はは、は。いや、もちろん喜んでこの話、お受けしますとも！　ルシエットも喜ぶでしょう！」

「ルシエット嬢は、いつごろこちらにお戻りに？」

「ええ、その、数日のうちにはと聞いていますが、すぐに呼び戻しましょう」

「いや、せっかくの母子の時間だ、急《せ》かさずとも。私も幼い姪《めい》を連れており、もう領地に戻らなくてはならない。ぜひあらためて、場を設《もう》けさせていただきたい」

「承知いたしました！　ルシエットが戻り次第、ご連絡をさしあげますので！」

そうして領地に戻って数日のうちに、グレンフェル卿から手紙が来た。

「よし」

手紙を読んで、思わず口に出した声に、私の上着を片づけていた従者が振り向く。

「いい知らせですか？」

「うむ。実は、ある女性に求婚し、良い返事がきた」

そう教えると、従者は全身で驚きを表現した。

「えっ⁉　ライファート様から求婚なさったんですか⁉」

「そうだ。まずはとにかく、彼女にウィンズロー城を見に来てもらう。執事に、打ち合わせが必要だと伝えてくれ」

「かっ、かしこまりました！」

従者は明るい表情で部屋を出ていく。

私の結婚がうまくいかず、今まで使用人たちにも心配をかけていたようだ。そして、ウェンディのせいだとあの子に矛先《ほこさき》が向くのを、私も心配していた。

ルシエットが来れば、きっと全てうまくいく。

時々、これから起こる出来事について妙に確信を持って断言できることがある。今も、そんな気持ちだった。

もう、ルシエットの部屋やドレスの準備を始めてもいいかもしれない。

私は、離れにいるウェンディを訪ねた。

ケリーに代わって新しい乳母《うば》となったドリスが迎えてくれたが、私をウェンディのもとに案内すると、そそくさといなくなってしまう。

どうやらまたしても、うまくいっていないらしい。

「おじさん、どうしたの」

不思議そうに聞いてくる五歳のウェンディを、庭へ散歩に連れ出した。

「ウェンディ。近いうちにまた、私と結婚するかもしれない女の人が、やってくる」

「ふーん」

うつむくウェンディ。

兄の面影《おもかげ》のある横顔は、どこか憂鬱《ゆううつ》というか、不安そうだ。今までの候補者に、ウェンディを受け入れてくれる女性がいなかったせいだろう。

私は立ち止まると、かがみ込んで彼女と目線を合わせる。

「少し、今までの人と違う。君と私とその人なら、家族になれるのではないかと、私は思った。後は君の意見を待つ」

「……おじさん、そのひと、すきなの？」

「私は好きだ。しかし、その人はまだ、私のことをほとんど知らない。いきなり最初から好きになってはもらえないだろう。よく話をして、お互いのことを知って、一緒に楽しく暮らせるように考えていきたい。ウェンディも、考えてみてほしい」

難しいかと思いつつ説明する。

ウェンディはうなずいたものの、黙っていた。


そして――

ようやく、顔を隠していないルシエットと会うことができた。

丘の上に立つルシエットは、美しく成長していた。金の髪を結い上げ、都会風のドレスを着ている彼女に、私は見とれる。

ルシエットは私を見て、ひどく驚きあわてているようだった。それはそうだろう、占いの時、私はウィンズロー辺境伯だと名乗らなかったのだから。

「ルシエット。ようこそ」

私は心からの歓迎の気持ちを込めて話しかけたが、彼女は白い顔をして少々具合が悪そうだった。馬車に酔ったと聞き、広い馬車に招き入れる。

すぐ隣に、彼女がいる。「ライファート様」と名前を呼んでもらうと、柄《がら》にもなく気分が高揚《こうよう》し、私はペラペラと話をした。ルシエットと幼いころに出会っていること、占いに行った時にその少女だと気づいた理由。

「そんな気味の悪い娘をどうして結婚相手に……？」

澄んだ瞳を曇らせるルシエットに、驚く。

まさか、彼女を気味が悪いなどと侮辱《ぶじょく》する者がいるとは。

もしそのような者と会うことがあったら、彼女の代わりに報復してやらねばならないと考える。

私は彼女の夫となるのだから、妻の名誉を守るのは当たり前のことだ。

首を洗って待っているがいい。

私の気持ちとは裏腹に、ルシエットとウェンディの初めての顔合わせは、残念ながらうまくいかなかった。ウェンディは例の乳母《うば》と決裂してしまった直後で、大荒れだったのだ。

これは、ウェンディの様子を先に確認しておかなかった私の失態だった。

しかし、ルシエットは怒らなかった。それどころか、微笑《ほほえ》んでこう言ったのだ。

「ライファート様、お手紙に書いてくださってましたよね、すぐにここで暮らし始めてもいいと。お言葉に甘えてもよろしいでしょうか？」

――ルシエットと、ともに暮らせる。

感動のあまり、思わず彼女の手を握ると、ルシエットは顔を真っ赤にして逃げ出した。

しまった。私は自分から女性を愛したことがないので、どう近づいたらいいのかわからない。

ルシエットは、私と結婚してもいいと思ったからウィンズローに来てくれたのだろうが、あまり強引なことをすると嫌われてしまいそうだ。

本当は、この思いだけは早く伝えたい。ルシエットを、せめて言葉で愛したかった。

しかも、私には不思議と、ルシエットは必ずウェンディと通じ合うことができる、という確信がある。

なぜ、まるで神託《しんたく》のようにこんな確信を持てるのかはわからないが、そう感じてしまうのだから仕方がない。

ルシエットが、希望の光に見える。

ただ、それが私の気のせいで、もしも彼女がウェンディとうまくいかなかった時は、私の思いは重荷になってしまう。ウェンディと心が通じ合わないのに、私の妻にならなければいけない……といったふうにだ。

だから、私はまだ彼女に愛を告げるわけにはいかない。強引なこともできない。

それならば、と、あまり重荷にならないような求愛を考えたのだが――

「なんて失礼なことを。動物ではないのですよ！」

鳥の求愛を真似てルシエットに給餌《きゅうじ》したら、大叔母たちに叱《しか》られてしまった。

鳥の求愛は、可愛らしいではないか。この程度なら、小鳥のように可愛らしいルシエットの負担にならないと思ったのだ。それに、人間も動物の仲間であるのに……解《げ》せぬ。

しかしルシエットは、やはり怒らなかった。

「私は嫌ではありません。……ふたりだけの時になら、何をされてもいいです」

ああ。なんと愛《いと》おしい存在だろう。ときめくあまり、みぞおちのあたりが締めつけられるようだ。

早くふたりきりになりたい。

絶対に、必ず、ルシエットをわが妻に。

再び胸に誓った瞬間だった。


翌日の朝食の席にも、当然ルシエットはいた。

それだけでしみじみ、結婚とはいいものだなと思う。まだ結婚していないが。

成人前後からひとりでいることの多い暮らしをしてきて、それがごく普通だったのに、ルシエットと再会したとたんに「自分には彼女が足りていなかったのか」と思うのが不思議だ。

その日、ルシエットはウェンディに会いに行ってくれた。私抜きで、ふたりだけで会いたいという。

やはり心配で、昼食を口実に迎えに行くことにした。少し早めに離れの前で待っていると、ルシエットが出てくる。

意外にも、まるでメイドのような格好をしていた。乳母《うば》の代わりにウェンディの世話をするためのようだ。ルシエットは見苦しい格好だと気にしていたが、なぜかしっくりくる。何を着ても似合うということだろう。

それでも彼女が気になるというのなら、ウェンディと過ごす時間に相応《ふさわ》しい服を贈ろうと思う。

「ウェンディと話をすることができました」

ルシエットは嬉しそうに話し、美味《おい》しそうに食事をする。笑顔がまぶしい。

その様子を見ているだけでも私は幸せな気分になるのに、なんと、今度手料理を作ってくれるという。

もちろん、ウェンディも一緒という話だったし、それも素晴らしいのだろうが、少しおもしろくない。彼女はウェンディに夢中だ。

私のことも、見てもらいたい。

私はルシエットを散歩に連れ出した。

ウィンズロー城内にある歴史ある教会に案内し、教会に付属の塔から沖合にあるギルゼロッグの岩を見せようと思ったのだ。

教会で結婚式の話になり、照れて頬を染めるルシエット。

高いところが苦手なようで、涙目になるルシエット。

本当に、心から、愛《いと》おしい。今まで他の男性と恋愛関係になった経験もないようだ。

空に舞い上がりそう、というのはこういう気持ちをいうのか。ルシエットに飛ぶなと言われたので、飛ばないが……

自室で大きく息をついて、爆発しそうな気持ちを逃がしていると、従者に「どうかなさいましたか?」と心配されてしまった。

その後、ルシエットとウェンディの関係は良くなったり悪くなったりを繰り返した。

ルシエットが悩んでいる様子は心配だったが、私があまりルシエットの肩を持つと、ウェンディに孤立感を覚えさせてしまう。

私は私で、ウェンディと様々な話をしながら日々を過ごした。

三人で食事をした日、私はルシエットに、正式に求婚した。ついにウェンディが、ルシエットを受け入れてくれたからだ。

結婚の準備が始まる。城の皆も、大喜びだった。

ところが、秋も深まった、ある雨の日。

離れの外でルシエットを待っていると、彼女が真っ青な顔で玄関から出てきた。私は彼女に駆け寄る。

泣き崩れる彼女の話を聞いて、私は愕然《がくぜん》とした。

ウェンディには、ユリナという少女の霊が憑依《ひょうい》しているのではないか、というのだ。私やルシエットが今まで会話してきたのは、ユリナのほうだった。

義姉《あね》が「ウェンディがいない、消えてしまった」と感じたのが、正しかったとは……！

衝撃を受けた私に、ルシエットは救いの一言をくれた。

「ウェンディは、消えてしまってはいません。あの子の中にいます」

希望の光が射した。

しかし、ウェンディもユリナも助けるには、どうしたらいいのかわからない。

折しも、ルシエットの母の病状が思わしくないという知らせが入り、私はルシエットをアルスゴーに行かせるしかなかった。

私はひとりで、離れの客室の前に行く。

「ウェンディ」

鍵のかかった客室の外から、声をかけた。

「いや、ユリナ。いつものように、話をしよう」

「なんで名前……ルシエットが、しゃべったのね！」

扉の向こうで、ウェンディ――ユリナは悲鳴のような声を上げ、そして激しい口調で何か呪文のような言葉を口にした。私は静かに続ける。

「そうだ、ルシエットに聞いた。今のがニホン語か。……そういえば、君と初めて会った二年前、ほとんど話さなかったな。父上のことが悲しくて無口になっているのだと思っていた。あれから必死でノーザンシアの言葉を覚えたのか、よく頑張った」

「………………」

ユリナはしばらく黙っていたが、やがて震える声で言った。

「わたしをどうする気？　おじさん、おこってるでしょ」

「なぜそう思う。怒ってなどいない、事情があるのだろう？」

私は、思っていることをそのまま言葉にする。

「私もルシエットと同じく、前世がニホン人なら、君の力になれたかもしれないのに……と思っているところだ。そもそも私には前世がないようだが」

「……ない、って？」

「ルシエットに、視《み》えないと言われた」

「さっきからルシエット、ルシエットって、あの人のことばっかり！」

ドスン、と、何かが扉にぶつかる音が聞こえる。

私は小さく笑い声を上げてしまった。

「ルシエットは、君のことばかりだよ、ユリナ。私のことは二の次で、君の話ばかりしている。今もきっと、母上のところに向かいながら君を心配して、引き裂かれそうな気持ちになっているだろう」

「気づかなければよかったのに！」

ユリナは涙声になる。

「わたしだって、こうなりたくてなったわけじゃない。でも、ここにウェンディのからだがあって、わたしとウェンディがいる。どっちかが消えなきゃいけないの？　そんなのちがう！　このままでいいじゃない！」

「君は優しい子だ、ユリナ」

私は扉に手を当てた。

「ウェンディが消えればいいと思ってしまいそうなところを、きちんと踏みとどまっている。ただ、隠そうとしただけなんだな？　今の状況を」

「そうだよ……だって、消えたくないんだもん……それに、うまれかわるのもいや。いやなの……」

しゃくりあげてはいるが、声がだいぶ落ち着いてきた。

私は話を続ける。

「離れには誰も近づけさせないから、自分の部屋に戻りなさい。客室では落ち着かないだろう。食事は私が持ってくる」

「……おじさんが……？」

「運ぶくらいはできる。作るのは君のほうがうまいだろうが。……ではな」

私はいったん、離れを出た。

使用人たちは、私が食事を運ぶと言うと驚いていたが、ルシエットがいないことでウェンディがかなり機嫌を損ねていると思っているようだ。

食事を持っていくと、客室の扉は開いており、ウェンディの部屋の扉は閉まっている。

廊下に置いてあった、ルシエットの水晶玉の入ったバッグは、なくなっていた。


それから数日の間、私は離れに通って扉越しにユリナと会話した。

彼女はぽつりぽつりと、ニホンの話をしてくれたが、今後どうしたいかという話をしようとすると完全拒否する。おそらく、彼女も自分がどうしていいのかわからないのだろう。

せめて、ユリナがなぜ私のそばにいなくてはいけないと感じたのか、それだけでもわかれば……

そう思ったのだが、会話から手がかりはつかめなかった。


幸い、ルシエットは思ったより早く、私のもとに戻ってきた。

しかし、彼女のいない数日間はとても長く、疲弊《ひへい》するものだった。ルシエットの顔を見たとたん、渇いた喉が潤《うるお》ったような感覚がして、私は彼女を抱きしめる。

しかし、解決しなくてはいけないことがまたひとつ増えていた。

アルスゴー伯爵夫妻とその娘が、ウィンズロー城に滞在しているのだ。ルシエットとの結婚について、話があるという。

「実はルシエットは、私の娘ではないのです」

リカード殿はルシエットの母の不義について語り、ハリエラ殿はロレッタとの結婚を勧めてきた。

正直いらついた私は、言い放つ。

「早くルシエットを妻にしたいところを、私はずっとずっと我慢してきている。これ以上の邪魔立てはご遠慮願いたい」

私が愛しているのはルシエットなのに、なぜルシエットを嫁《とつ》がせないのか。

ルシエットの母上とはまだ会ったことがなく、そもそも不義があったかどうかなど今となっては本人にしかわからない。

ハリエラ殿が、ロレッタを辺境伯夫人にしたいがために言っているのは明白だったが、この程度の話で私のルシエットへの愛が揺らぐとでも思っているなら、舐められたものだ。

辺境伯として必ず貴族の娘を娶《めと》らなくてはならないなら、リカード殿を脅して不義の件を黙らせようか。どうも彼は、私に何らかの援助を期待しているようだから。ふたりで話した時に、それをほのめかされたことがあるので、その援助をするつもりはない、と言ってやればいい。

しかし、その前に、ルシエットが気づいた。

「ロレッタは、ウェンディのところに行ってるんですか⁉」

その言葉に、離れに駆けつけてみると、ロレッタから『ルシエットは戻ってこない』という嘘を吹き込まれたウェンディ――ユリナが、暴走していた。

おそらく霊としての力なのだろう、離れには黒い霧《きり》が渦巻《うずま》いている。

やってくれたな、とロレッタに言おうとするより早く、ルシエットが啖呵《たんか》を切った。

「ビビってるならさっさとアルスゴーに帰りな！」

……少し、驚いた、と言っておこう。

しかし、胸がすいたのも確かだ。『ビビってる』とはなんなのか、後でルシエットに聞かなければとだけ心に留める。

私はルシエットと手を繋ぎ、離れに入った。

離れの中は、黒い霧《きり》が渦巻《うずま》く異様な光景だった。ウェンディの部屋を覗《のぞ》いたが、中も荒れ放題で、彼女の姿はない。しかし、ルシエットにはユリナの姿が見えているようだ。

「ご案内します、中に入りましょう」

部屋に入ろうとするルシエットと、一瞬、手が離れた。

そのとたん、ルシエットの姿が、消えた。

私は驚いて、部屋の中に踏み込む。しかし、ふたりの姿はない。

足に、コン、という固い感触があって見下ろした先に、ルシエットの水晶玉が落ちていた。拾い上げると、中は真っ白な何かが渦巻《うずま》いているだけで、何も見えない。

何をすればいいのか、どうすればいいのか。

「人の身は無力だ……」

無意識にそうつぶやいてしまったが、まるでかつての自分は人ではなかったかのような言いぐさだ。

とにかく、こんな時にできるのは神頼みくらいで……

『占いの神様としてお祈りしてたんです』

ルシエットの言葉が、脳裏によみがえる。

私は水晶玉を手に取ると、額《ひたい》に押し当てて、祈った。

神獣ギルゼロッグよ。あなたに信心深い祈りを捧《ささ》げていた娘が、危機に陥《おちい》っている。どうか、力を貸してほしい。

水晶玉に意識を集中させ、心から祈る。

未来の妻と娘を助けたい、その一心だった。

黒い霧《きり》の中、身体の輪郭が曖昧《あいまい》になるような感覚が起こった。水晶玉も、額《ひたい》に溶けていく。

その額《ひたい》に、力が集束して――

❖　❖　❖

目を開くと、私は白い雲の中をまっすぐに飛んでいた。

何が起こったのか自覚する間もなく、雲を突き抜けたかのように景色が広がる。緑の森、その中にぽっかりと開けた空間、小さな家。

その家の庭に、ルシエットと黒髪の少女がいた。

しかし、彼女たちのいる箱庭みたいな世界は、端のほうから少しずつ崩れつつある。

『ライファート様、助けて……！』

ルシエットの声が聞こえた。

当たり前だ、今、助ける。

私は、彼女たちめがけて急降下した。

腕を伸ばそうとしたが妙な感覚があって叶わず、けれどルシエットが少女とともに私の首にしがみつく。

私は庭の地面を蹴り、一気に上昇した。崩れゆく世界が、どんどん遠くなっていく。

遥《はる》かな昔、こんなふうに、何度も空を飛んだような気がした。


気がつくと、ウェンディの部屋だった。私は腕にしっかりとルシエットを抱いており、ルシエットは小さなウェンディを抱きしめている。

結局、何が起こってどうなったのかはよくわからないが、大事なふたりが助かったのだ。些細《ささい》なことはどうでもよい。

私は愛《いと》おしさを込めて、ふたりを抱きしめ直したのだった。

❖　❖　❖

「ところでルシエット、『ビビっている』とはどういう意味だ？」

その日の夜、私は気になることを聞いてみた。

片づけと修理の途中であるウェンディの部屋ではなく、隣の客室でウェンディを寝かせ、私とルシエットは離れを出たところだ。アルスゴー伯爵一家は、すでにウィンズロー城を逃げるように去っている。

「し、下町言葉なんて、ライファート様は知らなくていいと思います」

ルシエットは困ったようにうつむいた。私はもう少し追及する。

「何かこう、下品な意味なのか？」

「違いますけどっ！　ああもう、恥ずかしい」

彼女は、うっかり叫んだ言葉を気にしているらしい。

「私は少々、嫉妬《しっと》しているのだがな。ルシエットとユリナは、ニホン語でふたりだけで会話をしていることがあるだろう。私が下町言葉を覚えれば、私とルシエットもふたりだけで通じ合えるのではないかと思うんだが」

「ユリナと張り合うのはやめてください！」

ルシエットは呆れたように言い、そして噴き出した。

その笑顔を目にして、私も笑う。

この秋、最後のバラが咲いている小径《こみち》は、静かだ。王子宮の玄関から、ランプのわずかな灯りが届いている。

私は足を止め、ルシエットの手を取った。

「……もう、私たちは邪魔されることはない」

私が言うと、ルシエットは少し照れた表情になった。

「そうですね。お父様たちも、もう口出しはしないでしょうし。ユリナとウェンディはまだ心配ですけれど、私たちと家族として一緒に」

「うむ。そのとおりだが、私が言っているのは、今この瞬間の話だ」

私は言い直した。

「数日ぶりに、ルシエットが私のもとに戻ってきて、ふたりきりだ。邪魔する者はいない」

「あ」

ハッとするルシエットを、私は抱き寄せる。

もう、愛情表現を抑えるつもりはなかった。

「君を早く妻にしたくて、ずっと我慢している私に、褒美を授けてやってはくれないか?」

片手の親指で、ルシエットの柔らかい唇を撫でる。ここをもらう、という合図だ。

「あの……」

すると、ルシエットは、思い切ったように言った。

「私も早く、結婚したいです」

その言葉を聞いたらもう、一時も止まることはできない。

私たちはふたり、何度も繰り返される甘い口づけに酔ったのだった。

待望のコミカライズ！

ひょんなことから異世界に召喚されたシーゼこと静《しず》子《こ》。元の世界に未練はなく、異世界での暮らしを受け入れた彼女は、なんとそのまま国王陛下と結婚。可愛い赤ちゃんも生まれ、幸せいっぱい……だったはずが、ある日突然、理由もわからないまま地球へ強制送還されそうになってしまう！　帰るなんてまっぴらごめん！　迫る悪の手を逃れ、シーゼは城を飛び出したけど――？

＊B6判　＊定価：本体680円＋税　＊ISBN978-4-434-24071-3

アルファポリス 漫画　検索

アルファポリスWebサイトにて
好評連載中！
Regina COMICS
原作 ふじま美耶 MIYA FUJIMA
漫画 村上ゆいち YUICHI MURAKAMI
異世界で『黒の癒し手』って呼ばれています 1~6
好評発売中！
異色のファンタジー
待望のコミカライズ！
ある日突然、異世界トリップしてしまった神崎美鈴《かんざきみすず》、22歳。着いた先は、王子や騎士、魔獣までいるファンタジー世界。ステイタス画面は見えるし、魔法も使えるしで、なんだかRPGっぽい!?　オタクとして培《つちか》ったゲームの知識を駆使して、魔法世界にちゃっかり順応したら、いつの間にか「黒の癒し手」って呼ばれるようになっちゃって…!?
シリーズ累計43万部突破！
＊B6判　＊各定価：本体680円＋税
原作 ふじま美耶 漫画 村上ゆいち
異世界で『黒の癒し手』って呼ばれています 6
魔法世界で囚われの『光の癒し手』を救うため神殿に突撃!?
シリーズ累計43万部突破！
異色のファンタジーコミカライズ！
アルファポリス
アルファポリス 漫画
検索

待望のコミカライズ！

「あなたは本当は異世界の生まれなの」ある日突然女神様にそう告げられ、生まれた世界へトリップすることになった菓子職人の伊《い》藤《とう》優《ゆう》奈《な》。そこで優奈を拾ってくれたのは、薬草園で暮らす猫獣人のおばあちゃんだった。彼女はかつて喫茶店を開いていたけれど、体力的な理由で店をたたんだという。恩返しと、自分自身の夢を叶えるため、優奈は店を復活させることを決意して──。

＊B6判　＊定価：本体680円＋税　＊ISBN978-4-434-25437-6

アルファポリス 漫画　検索

RC Regina COMICS
自称 悪役令嬢な婚約者の観察記録。
1
VOLUME ONE
原作＝しき
漫画＝蓮見ナツメ
Presented by Shiki & Natsume Hasumi
アルファポリスWebサイトにて
好評連載中!!
＼大好評発売中!!／
待望のコミカライズ!
優秀すぎて人生イージーモードな王太子セシル。そんなある日、侯爵令嬢バーティアと婚約したところ、突然、おかしなことを言われてしまう。
「セシル殿下！ 私は悪役令嬢ですの!!」
……バーティア曰《いわ》く、彼女には前世の記憶があり、ここは『乙女ゲーム』の世界で、彼女はセシルとヒロインの仲を引き裂く『悪役令嬢』なのだという。立派な悪役になって婚約破棄されることを目標に突っ走るバーティアは、退屈なセシルの日々に次々と騒動を巻き起こし始めて——？
婚約破棄をされてギャフンと言わされる役なんです!!
アルファポリス 漫画 検索
B6判 / 定価：本体680円＋税
ISBN:978-4-434-25336-2

この作品に対する皆様のご意見・ご感想をお待ちしております。

おハガキ・お手紙は以下の宛先にお送りください。

【宛先】

〒150-6005 東京都渋谷区恵比寿 4-20-3 恵比寿ｶﾞｰﾃﾞﾝﾌﾟﾚｲｽﾀﾜｰ 5F
（株）アルファポリス　書籍感想係

メールフォームでのご意見・ご感想は右のＱＲコードから、
あるいは以下のワードで検索をかけてください。

アルファポリス　書籍の感想　検索

ご感想はこちらから

転生《てんせい》メイドの辺境《へんきょう》子《こ》育《そだ》て事《じ》情《じょう》

遊森謡子（ゆもりうたこ）

2019年 2月 5日初版発行

編集－黒倉あゆ子・羽藤瞳
編集長－塙綾子
発行者－梶本雄介
発行所－株式会社アルファポリス
〒150-6005 東京都渋谷区恵比寿4-20-3 恵比寿ｶﾞｰﾃﾞﾝﾌﾟﾚｲｽﾀﾜｰ5F
TEL 03-6277-1601（営業） 03-6277-1602（編集）
URL http://www.alphapolis.co.jp/
発売元－株式会社星雲社
〒112-0005 東京都文京区水道1-3-30
TEL 03-3868-3275
装丁・本文イラスト－縹ヨツバ
装丁デザイン－ansyyqdesign
印刷－中央精版印刷株式会社

価格はカバーに表示されてあります。

落丁乱丁の場合はアルファポリスまでご連絡ください。

送料は小社負担でお取り替えします。


ISBN978-4-434-25589-2 C0093